植草甚一

スクラップ・ブック

17

アメリカ小説を読んでみよう

晶文社

表紙・本文イラストレーション・牛窪英二

アメリカ小説を読んでみよう＝目次

1 なぜアメリカ小説が好きなんだろう

ジョン・オハラの最近作を中心に

1

現代アメリカ作家のなかで誰よりもはっきりと自己のスタイルを身につけてしまった小説家がいる。その文章は、ガートルード・スタインのような特殊な文体ではなく、誰にも真似ができそうにみえ、実際において多くの新人作家が試みてきたものであるが、成功したためしはなかった。

たとえば、この作家の最近の作品に「鎮魂歌」Requiescat という短編がある。本年四月三日号のニューヨーカー誌に発表されたものであるが、冒頭はつぎのような描写ではじめられている。

——朝の九時半ごろ、最初の車が、白い宏壮な住宅のまえを、ゆっくりと通った。それから百ヤードちょっと行くと、ぐるりと向きをかえ、その家のまえの栗の木のしたに停車した。栗の木は白い家からだいぶ離れたところにあった。しばらくのあいだ車は一台も通らなかった。停った車は昔のラ・

サール・セダンで、後の半分がトラックのかたちになり、両側にペンキで〝ブレイナード・ギャレージ、電話三九一番〟と書いてあった。車体には小型のクレーンと、探照灯のように大きな古型のヘッドライトがついていた。運転台の男は、車の持主であるクロード・ブレイナードという肥った男であったが、停めるとそのままじっとしていた。すると、一台のシボレー・コーチが通りすぎたが、これもグルリと一廻りすると、前の車の後にぴたりと停った。クロードは車から降りると後の車に近づいた。歩きながら彼は、外套のボタンをはずし、スート・コートのポケットから煙草の箱を出すと、拇指の器用な手つきで箱の底を押すようにして中から飛び出た一本を口の左側にはさんでから、誰でもがするように両手で風をかざす格好でそれに火をつけたが、太い指の大きな手だったので、煙草はすっかり見えなくなった。

シボレーの中の男も降りてきた。小柄で痩せた男で、革のジャケットを着ていたが、それは彼よりも背がたかくて若い兵隊が着ていたものだったに違いない。彼は『誰もまだ来なかったらしいな』と相手に言った。彼の車のドアには〝ヒーバー・スモールウッド、鉛管取付ならびに暖房業・電話三〇五番〟と記してあった——

日本文にすると原文の味はすっかり飛んでしまうが、この書出しを読んだニューヨーカー誌の愛読者なら、作者の名を見なくてもジョン・オハラが書いているのだと必ず気がつくに違いない。また、それでなければ、この雑誌を読む資格はないのである。ニューヨーカー誌の特色の一つは、作者の名を標題の下に記さず、文章の結末に持って来ていることである。だから読むときには、最後のセンテンスを見ない限り作者が誰かは分らない。また、この雑誌には漫画が多く組み込まれているが、一流の漫画ほど個性の強いものはないのであろう。ニューヨーカー誌の寄稿家はいわば漫画家のように個性がなければならないのであって、読者のほうでも、作者の名を見ずにS・J・ペレルマンとかジョン・チーヴァーとかフランク・サリヴァンとかウラジミール・ナボコフとかジョゼフ・ウェクスバーグとかが書いていることを、書出しの数行で判別するだけの鑑識力がなければならないのである。ジョン・オハラは、こういう意味で最もニューヨーカー式な作家の一人であり、独自なスタイルを身につけた作家であって、過去二十年ちかくのあいだ少数の例外をのぞき、もっぱらニューヨーカー誌上に短編を発表してきたのである。

もう一つの例をあげよう。昨年二月二十二日号のニューヨーカー誌にのった「相棒」Partner という短編で、書出しはこうである。

――自動車の時計を見てマロイはボンドまで行ってから食事をするのは遅すぎると思った。彼は戦争のずっと前に行っただけであったが、ハートフォードのちょっと手前にまずくはない料理屋があったことを思い出した。その店はトラックの運転手たちがよく利用する場所で、ビーフ・シチューが自慢であるらしかったが、アップル・パイも結構食べられた。しかし、ドライヴに気をとられていたせいか、それともなくなってしまったのか、その店はみつからなかった。で、彼は道の右側にある最初の料理店で、サンドウィッチで簡単にすまし、ニューヨークへついてから食べ直そうと考えなおした。それにサンドウィッチとコーヒーのほうが睡気ざましになっていいだろう、腹にもたれて睡くなるのはドライヴ中には禁物だと自分にいってきかした。

彼が車を停めた店は、入って見ると、ちゃんとした料理店であった。派手な店ではなかったが、食堂のほかに小さなバー・ルームもあり、きまりきったようにジューク・ボックスも設えてあった。入口の前には駐車用の場所もできていた。彼が入ったとき、食堂の隅に四人づれの客がいた。ほかの人間というと、バー・キーパーと二人のウェイトレスとハイ・スクールに通うくらいの年頃の少年だけであった。マロイがテーブルのほうへ近づくと、その少年は入口のほうへ出ていって彼の車を眺めていた。マロイがウェイトレスに料理を注文すると少年はテーブルへ近づいて来て、

『あの車はデュッセンバーグだね』

と言った——

この何でもないような書きかたが、原文の場合だと誰にも真似ができないジョン・オハラ独自のものだと言われている。最近の彼の短編は概してこうした書きだしではじめられ、次いで登場人物の対話となり、それが、ぽっきりと終って最後の捨て科白に薄気味わるい暗示と余韻をのこすのである。とくに会話のやりとりがジョン・オハラ文学の生命となっていて、『じつに耳が鋭敏にはたらく』といわれているが、彼の場合は、なにげない会話がそのまま文字に移されているだけでなく、やがて無意識に放たれる言葉が、地の文では表現できない人間同士の感情のたかまりの或る醜い一瞬間を記録するまでに至っている。この点は外国語に移すことがほとんど不可能であろう。そして彼の短編がいままで諸外国に紹介されなかったのも理由はここにあるような気がするのである。とにかく彼の短編は最近にいたってますますこの傾向が強くなり、アメリカ風景のなかに人物を導入しようとする場合の作者の意図には、現代風俗にたいする観察の仕方とそれへの執着が病的にまでつのっていることが感じられるのである。

もうすこし例をあげてみよう。昨年七月十九日号の「人物のいる室内」Interior with Figures を読むと、書き出しは、

——ネッドはギャレージに入りながら、乗ってきたオートバイをビュイックとフォードの前に置いた。ビュイックがあるのは彼の父が早目に帰宅したことを示していた。彼は部屋にはいると、仕事着を脱いで浴室の隅に放り出し、バスにつかってから着換えした。フランネル・ズボンとシャツとローファー、靴下ははかなかった。

居間では彼の父がレコードをかけていた。それはフレッチャー・ヘンダースンの「フェアウエル・ブルース」という古い曲だったが、かけ終ると、それを丁寧にアルバムに入れ、『やっぱり、いいな』と息子にいった。

『ええ』とネッドは答えた——

この作品でも前の二作と同様、自動車を使って書きはじめている。この手法はジョン・オハラの全作品を通じて見られる特色で、抒情的な描写には全く興味を失っているように感じられるのは、彼が都会作家であるためであろう。それと同時に、ハードボイルド・ライターに共通の態度とも見受けられるのである。本年一月十日号の「ニル・ナイサイ」Nil Nisi という短編では、海上の描写ではじめられているが、ここでは飛行機が使われている。

——朝から午後にかけてずっと、コースト・ガード機が一機、ときに二機、海面を低く旋回しながら、あたかも飛行場に着陸する前のように8の字を描いていた。数艘のモーター・ボート、公用のものと私用のものとが混って、その付近に止まっていた。一艘のボートの船尾には商売人の潜水夫が海

水着すがたで、パイプをふかしながら、傍に潜水帽を置いたまま海中にもぐる命令が出るのを待っていた。朝のあいだ海岸の人たちは誰も海に入ろうとしなかった。それは恐怖心のためでもあったろうが、じつは死体となって未だに発見されない女にたいする顧慮がそうさせたのである――

以上、昨年の八月に出版された第四の短編集「屑活字箱」Hellbox に収録されている「相棒」「人物のいる室内」とその後に発表された「ニル・ナイサイ」「鎮魂歌」の冒頭だけをまず記してみたが、これらは何を描こうとするための前置なのであろう。

2

「鎮魂歌」では二台の自動車が宏壮な白い建物の前に停った、ついでもう一台の自動車がやって来て停る。その中から降りた運転手のフランクは前に来ていたクロードとヒーバーの友人である。集まった三人はカーテンをおろしたままになっている白い建物の窓を見あげてそこの主人である前知事ジョー・ハバードがその朝の八時半に自殺した話をはじめる。そこへ現知事の車がやって来ると、彼らは故人となった前知事のジョーが現知事よりはずっといい人間だったと語る。そこへまた二台のセダンが現われる。これを運転して来た男たちも彼らの見知りの男であったので、一緒になって話がはじまり、葬式屋は誰が頼まれることになるだろうと言っているうちに、プレスコットの霊柩車が向うから来る。そのうちに何台も見舞人の車が見えはじめ、徒歩でやって来る弔慰人の姿も見えはじめる。

『気の毒なジョー』と彼らの一人が言う。

「相棒」では、マロイという男がニューヨークへ来る途中の料理店で少年に話しかけられた。感じのわるい少年で、マロイに向かって自動車のことをしつこく訊く。少年のくせに大人の相手に話しかける調子はまるで仲間のようである。少年はマロイに『一杯おごろうか』といって断わられると、ウェイトレスに自分が飲むスペシャルを注文し、この料理店の主人は自分だと説明する。それからレコードの話をしたり、カウボーイの話を持ち出したりする。マロイはハリウッドのシナリオ・ライターで西部劇を書いたことがあるので、そのときの知識から出鱈目話をしてきかす。昔カウボーイみたいな生活をしていたが、石油で思わぬ金をもうけた。デュッセンバーグはそのときの形見だ。そして、これからニューヨークで石油会社の株主総会があるんだと語る。少年は夢中になって聞いていたが、マロイが勘定を払おうとすると払わせない。名前をおしえてくれ、来年テキサスへ行ったときによるからと言う。それでマロイは思いついたいい加減な名前を告げて、再び車中の人となると、少年は彼を見送りながら『また会おうね、仲間』と言うのである。

「人物のいる室内」では、レコードをかけ終った父親が、カクテルをつくって息子にも飲ませる。息子は『お父さんは気持が若いな。普通の人とちがってレコードやテニスに凝っている。乗っている車もオープンでセダンではないし』と語っていると、女中が午後の新聞を持ってくる。母親もやって来て、新聞をひろげ近所のドノヒュー氏が死亡したと口にしたのがきっかけで、呑んだくれで評判の悪かったこの男の話になるが、息子は彼が呑んだくれではあったけれど、学校の友だちなど困ったときに金の融通をこころよく引き受けたものだ。彼自身も金ではないが、ほかのことで恩恵をうけた。そんなに嫌う理由はないではないかと、父親が洩らした悪口を攻撃する。父親は、『さっきも息子にからかわれたばかりだ』と妻に言うと、彼女は息子に謝まれという。『謝まる必要はありません。本当のことだもの』と息子は逆襲し、食事はいらないといって居間から立ち去る。入れかわりに娘がはいって来て、レコードをかけ、カクテルを一杯飲んでもいいかと母親にたずねる。そのとき息子がどこかへ行くオートバイの音がする。『うちの者は皆生意気になったな』と父親が洩らすと、女中がきて、夕飯の仕度が出来たと告げる。

「ニル・ナイサイ」では、溺死女の死体が発見されないことを海岸ちかくに住む上流紳士ジョージ・ホイッティアも知っていて、朝からずっと屋上に出たまま、双眼鏡で飛行機が旋回している付近を眺めている。捜索中の女はチャップマン夫人といい、昨夜八時頃、夕飯のあとで連れの男と水浴に出かけたが、しばらくすると近所の人が沖合に叫び声がするのを聞きつけて、そのなかの屈強な青年が救助に出かけたが、男が助かっただけであった。ホイッティア夫妻がこの椿事を従僕の口から知ったのは朝食の時であったが、このとき妻は女がチャップマン夫人だと聞かされると『それはきっと自殺よ。自殺するのは当人の勝手だけれども傍杖をくわせるのは酷いわ。相手のひとは誰?』と言った。それはエド・ウィラードという男だった。こうして、ホイッティアは屋根に出てからずっと海面に眼をくばりながら沖合に気をつけ、彼とちょっと関係のあったチャップマン夫人のことを考えていたが、夕暮になっても死体はみつからないらしい。そこへ妻がパーティの仲間を連れて戻ってくるが、カクテルの道具を運んで来た従僕が『死体はずっと沖合で発見されました。その死体は魚に突つかれて見るも無残な格好だったそうです』と報告する。

ジョン・オハラはこうした話を会話だけで運んでいくのである。彼が好んで扱う背景はブロードウエイ、ハリウッド、パーム・ビーチなどの避暑地であり、彼が描く人物は、親切さ、同情心、正直さなどを持っていない人間たちの群れであり、彼らの会話を通して、この現実世界のやりきれない面が如実に浮びだしてくる。それゆえ、こうした傾向の作品は喜ばない読者が多いことは異とするに足りないが、一方、ジョン・オハラの作品の味を知るものにとっては限りない魅力を持つのである。

3

ジョン・オハラは今までに四冊の短編集を出している。「医者の子、その他」Doctor's Son and Other Stories（一九三五）、「綴じこみ帳から」Files on Parade（一九三×）、「パイプ・ナイト」Pipe Night（一九四五）、「屑活字箱」Hellbox（一九四七）がそれである。ほかに長編「サマラの約束」Appointment at Samarra（一九三四）、「バターフィールド8」Buttefield 8（一九三五）と中編「天国の望み」Hope of Heaven（一九三八）それに手紙の形式による短編集「パル・ジョーイ」Pal Joey（一九四〇）を加えた合計七冊が今までの作品全部である。戦前からジョン・オハラの小説はあまり日本には来なかった。現在の出版社はニューヨーク、デュエル・スローン・アンド・ピアース社であるが、それまで彼の作品はニューヨーク、ハーコート・ブレース社から出版され、いずれも装釘は光沢のある黒クロース無地で背中に金文字で題名が刷り込まれ、ちょうどイギリスのゴランツ社の書籍をみるようであり、長く書棚に飾っても倦きないアメリカでは珍しく落着いたものであった。そして当時ではアルバトロス叢書で「サマラの約束」が復刻され、またこのフェーバー社のイギリス版と共に少部数入ってきただけであったので、日本の読者にはあまり馴染みがなかった訳なのである。しかし、戦後、私たちはアームド・サーヴィセス・エディションで「医者の息子」「バターフィールド8」「パル・ジョーイ」「パイプ・ナイト」を、ペンギン叢書で「サマラの約束」を、エイヴォン叢書で「綴じ込み帳から」（あとの二冊はなかなかないが）を入手して読む機会に恵まれるようになったので、次第にこの作家に興味が持たれるようになったのである。前にも記したようにジョン・オハラは一九二八年からもっぱらニューヨーカー誌を発表機関として来たのであるが、本年に入ってあまり短編を発表していないのは、目下長編小説を執筆中であるからである。明年これが発表されれば、「天国の望み」に次ぐ十年ぶりの小説となるわけである。そして「パイプ・ナイト」「屑活字箱」の諸短編は、すべてこの長編を書くためのメモであるとも言えるであろう。

また彼は「相棒」に出てくるマロイのようにハリウッドで脚色の仕事をしていた。最初はパラマウント撮影所（一九二四年頃）にいたが、ついでゴールドウィン・プロ（一九三七年頃）、RKO（一九三九年頃）、二十世紀フォックス（一九四〇年頃）と移った。ルイス・マイルストーン監督の「将軍暁に死す」The General Died at Dawn（一九三六）には彼自身俳優として出演していたが、戦後私たちの見た映画ではマーク・ヘリンジャーが製作した二十世紀フォックス映画「夜霧の港」（一九四二）の科白担当が彼であった。科白担当はいわばスクリプトの仕上げであり、一流作家や劇作家がよくこの仕事を撮影所から依頼される。ジョン・オハラの場合もそうであった。しかし彼はルイス・ブロムフィールドやジェームズ・ヒルトンやレイモンド・チャンドラーなどと同じく、原作の映画化に当たっていかに脚色者がプロデューサーの掣肘《せいちゅう》をうけるかをよく知っており、いかに原作が改変されるかを弁えているので、上記三者が妥協して原作を売っているのに、彼自身だけは自作が映画化されることを嫌っている。昨年あたりからユニヴァーサル社との間に「サマラの約束」の映画化の話があり、またワーナー社との間にも「バターフィールド8」の映画化の話があるが、なかなか彼は首を縦にふらないのである。

ジョン・オハラの作品を最も高く評価しているアメリカの作家の一人にウォルコット・ギブス Wolcott Gibbs がいる。彼もまたニューヨーカー誌で名の知れた劇評家・短編作家であり、同誌の編集部に入ったのは一九二七年であったから、ジョン・オハラが作品を発表しはじめた一九二八年以後のことを最もよく知っている一人である。彼の近著である随筆、短編集「太陽の中の季節そのほかの愉しみ」Season in the Sun Other Pleasures（一九四六）の扉をひろげると《ジョン・オハラに捧ぐ》と記してあるとおり、二人は無二の親友であるが、ジョン・オハラの短編集「パイプ・ナイト」の出版に当っては彼のために序文を書いている。

——ジョン・オハラはニューヨーカー誌に一九二八年から書きはじめた。当時は彼も未熟であり、雑誌も駆出しの時期であった。彼はデルフィアン・ソサイエティに取材してよく短編を書き、また塗料会社の事務所の人物とその身辺の出来事を筆にした。この頃からすでに会話のコツを心得ていて、鋭敏な耳の持主であったことを証明していた。彼の作品には諷刺と道化の境が明瞭にされ、シンクレア・ルイスの「メイン・ストリート」や「バビット」における人物の会話が諷刺を越え、馬鹿らしい響きを持っていたのとは違い、オハラの人物は、なまの会話を通して真実の人間に近づいていた。けっしてルイスの場合のようにカリカチュアにはならなかった。しかし、大体において地の文がすくなかったため単調な味わいを持っていた。

それから二年ぐらいすると彼自身の個性が現われだした。最初はあきらかにアーネスト・ヘミングウェイの影響と死んだF・スコット・フィッツジェラルドからの感化がみられたが、やがて誤りなく彼独自のスタイルと技術を身につけてしまったのである。私は過去十六年間に書いたジョン・オハラのものを全部読んだ。それにもかかわらず、彼の特殊な味が他の作家とどういうふうに異なっているか説明することが今でもできないのである。彼の今後の作品を読むにあたって、私の興味と関心はもっぱらこの点にかかっている——

ウォルコット・ギブスは序文の終りに当って「サマラの約束」と「パル・ジョーイ」を賞めることを忘れない。彼は「サマラの約束」をアメリカ文学として不朽の名を残すに足るフィッツジェラルドの「グレート・ギャツビイ」とほとんど同位の傑作としている。

ジョン・オハラの二十年間の作家生活には二度の華かな時期があった。それは処女作とみなされる「サマラの約束」が出版された直後と、「パル・ジョーイ」が出版され、やがてミュージカル・コメディに劇化されてブロードウエイの脚光を浴びたときである。私の知人M・N氏は当時ニューヨークに遊び、夜空のネオン・サインに Just Published John O'Hara's Pal Joey という文字が大きく明滅している光景を未だに思い出されている。

当時のニューヨーク・タイムズのブック・レヴューにはロバート・ヴァン・ゲルダーのジョン・オハラ訪問記が掲載されていた。この記事は一昨年スクリブナーズ社から出版されたゲルダーの「作家と作風」Writers and Writing（一九四六）に他の八十八名の作家訪問記と共に収録されているが、これ

によると、

——ジョン・オハラ（一九〇五年一月三十一日に生れた）は子供の時に三つの小説を書こうと決心した。一つは生れ故郷ペンシルヴェニア州ポッツヴィルに取材し、一つはニューヨークに、もう一つはハリウッドに取材しようとしたものである。それで一九三三年、彼が二十八歳のときポッツヴィルものを書きだしたが、長編にまとまらずいくつかの短編の形になっただけだった。

彼はその年の八月にピッツバーグの地方新聞社を辞め、ニューヨークに戻り、ニューヨーカー誌とハーパーズ・バザーに寄稿していたが、十二月になると短編を書くのを止めて長編にかかった。彼はピックウィック・アームズというところの九ドルの部屋を借りていたが、椅子が一脚あるだけで机はなかった。それで椅子の上にタイプライターを置いて夜おそくまでキイを叩いた。しかし予定どおりには渉らず二万五千語まで出来たときには所持金が三ドルになってしまった。オハラはかねてから長編を書けば出版すると口約束で言われていた本屋が三軒あったので、これらの本屋に同じ文面で、原稿は出来かけだが、もし出版してくれる気持があるなら、前金を都合してくれたうえ、原稿を一晩で読んでくれないかと書いた。

彼はこの三通の手紙を朝早く投函すると、タイムズ・スクェアを歩いてから、時間つぶしに映画をいくつも見て廻り、五時半に帰ると三軒の本屋からすぐ会いたいという電話がかかっているのを知った。その伝言を見ると、ハーコート・ブレース社のキャップ・ピアースがまず最初、十一時半に返事してくれたことが分った。それですぐ彼に電話すると、原稿は一晩で読むと約束したので、出来かけの原稿を持たせてやると、翌日また電話があって、喜んで出版するが、前金はどのくらい希望するかと問われ、向う三ヵ月のあいだ週五十ドル貰いたいと答えた。それで出版の契約がまとまった。

この二万五千語の小説の一部は「サマラの約束」のそれである。彼が残りを四日間で書きあげたことは有名な話として伝わっている。そして出版と同時に一躍彼の名は世界に知られるようになったのである。

4

筆者はジョン・オハラの最近の短編が特に好きである。だが、その味はウォルコット・ギブスのような彼と最も親しい文筆家でさえ説明しにくいと正直に告白しているとおりで、私はもう大分紙面を無駄に費したが、彼の作家としての正体にはすこしも触れていないことに気づくのである。彼は第二のリング・ラードナーといわれている。だからラードナーと比較しなければなるまい。ハードボイルド・ライターの最も重要な一人として、その文体をヘミングウェイ、ジェームズ・ケイン、レイモンド・チャンドラーなどと比較しなければなるまい。また思想的に多分の感化をうけたフィッツジェラルドの諸作品とのつながりを見出さねばなるまい。彼は一九四五年にヴァイキング・プレスが出版したアメリカ文人のアンソロジー The Portable F. Scott Fitzgerald の序文を書くに当っての最も選ばれた一人とみなされているのである。しかし他人の作品を批評することを好まない彼、文学論をもてあそぶことを嫌う彼、もっぱら作品のなかにだけアメリカ社会相を冷酷に観察することを自分の仕事だと考えている彼は、この序文でもフィッツジェラルドとの思想的つながりを明らかにしてはいないのである。

またニューヨーカー誌には、アーウィン・ショウ、エドワード・ニューハウス、ジョン・チーヴァー、ウォルコット・ギブス等、ジョン・オハラと比較して研究されるべき作家がすぐれた短編を発表している。あるいは、これらの作家の精神とジョン・オハラの精神とのつながりが、最も重要ではないかとも考えられるのである。

ジョン・オハラの第一の短編集「医者の息子、その他」の巻頭に見出される同題の中編は、ペンシルヴェニア州のギブスビイルという炭坑町に流行性感冒が流行した一九一八年の秋、赴任して来た若い医師が中年の女と交情関係に陥っていくのを、少年の頃のオハラ自身（彼の名前は「相棒」にも現われるジェームズ・マロイとなっている）が猜疑と嫉妬の眼で眺めていく灰色の風俗画である。ほかに、倦怠期に入った夫婦生活の微妙な瞬間をスケッチした「午後まもなく」Early Afternoon, 苦労して貯金しているカフェテリアの女を描いた「たのしみ」Pleasure, とくにこの作品集での傑作のひとつである「朝の日射しの下で」The Morning Sun というのは、本を読んでいる息子が何となく老けだして、生活欲も失ってしまったのではないかと母親に思われて来る心理を描いたものである。こうした作品二十六編が含まれている。

「サマラの約束」は性格的に彼の世代に妥協していけない主人公ジュリアン・イングリッシュの悲劇を、腐敗しきった環境のなかで描いた作者の長編第一作である。そこではカントリー・クラブの狂騒が耳にするように聞こえてくる。ロードハウスでは、酒の密輸入者が一人淋しくクリスマスの晩餐をたべている。これから寝ようとする若い恋人たちの乙に気どった会話が記録されている。こうした点で彼は『スコット・フィッツジェラルドに次ぐアメリカ社会のボズウェル的記録者』と一部の批評家から賞められたが、彼を嫌うものも少なくなく〝懐疑家〟〝皮肉屋〟〝逆さまの感傷家〟〝堕落した変質者〟〝醜悪愛好者〟〝はきだめ〟という悪評を浴びた。

第二の長編「バターフィールド8」は三〇年代にマンハッタン界隈のセンセーショナルな話題となったモデル女の惨死事件に取材し、グロリアという女が泥酔して男と一夜を明かした翌朝から始まり、彼女がある夜、船の甲板から落ちてスクリューに呑み込まれてしまうまでが、この作者としては珍しい伏線の張りかた、人物の交錯のさせかたで、スリラーを思わせる読物としている。

ついで中編「天国の望み」ではオハラの分身とみなしてよい脚色者ジェームズ・マロイを語り手として、ペギー・ヘンダースンという女秘書の身辺に起こった悪夢のような出来事を描いている。

第二の短編集「綴じ込み帳から」に収められた四十編近くのスケッチは、いずれも第一短編集を出したころには見られなかった観察の鋭さと諷刺の利かせかたが会話のなかに独自なかたちで出ている。

そして「パル・ジョーイ」に至ると二流のナイト・クラブ歌手ジョーイがニューヨークで食えなくなり地方に出稼ぎにいってからの心境が友達のヘッドへ宛てた十数通の間違いだらけのスペリングで書かれた手紙を通してペーソスをもって語られる。ついでまとめられた第三の短編集「パイプ・ナイト」に含まれた諸作に接すると、さらに一段と磨きがかかって来たことが発見される。

「パイプ・ナイト」には「ウォルター・T・キャリマン」Walter T. Carrimanという題の、人を食った弔辞でも読んでいるような気のする或る典型的なアメリカ実業家キャリマンの一代記が巻頭を占めている。ほかに、劇場事務所に勤めているメアリという女が、毎日利用しているバスの運転手と懇《ねんご》ろになっていく「やっと分った」Now We Know, ジャージー州からニューヨークのホテルに着いた一婦人が浮気心の発作を感じる「自由」Free, 野球見物に行った父と子が、ディマディオが観覧席へ打ちこんだボールを拾って喜ぶ「パンだけ」Bread Alone などの三十一編が含まれている。最も新しい短編集「屑活字箱」になるとオハラの諷刺精神は渋味を加えるだけでなく作品に特異な影を投げはじめる。それは人間感情がふと動物的になった瞬間の醜さである。このなかの「モッカシン」The Moccasins という短編では避暑地のパーティの男と女の間で、この瞬間が露呈され、「出る前に一杯」One For the Road ではバーで酒を飲む男が女に電話をかける瞬間に、「エリー」Ellie では田舎からニューヨークに来た友人の女をニューヨーク見物につれていく主人公の心理に、そうした醜い瞬間がはたらきかけるのであるが、作者は悪魔のような狡猾さでその瞬間をつかんでしまう。「クララ」Clara,「巡礼」Pilgrimage,「原子力時代の会話」Conversation in the Atomic Age 等こうした傾向のもの二十六編がこの短編集に含まれている。

5

進歩的文芸批評家アルフレッド・ケージンはその著「生れた土地の上で――現代アメリカ散文学の解釈」On Native Ground; An Interpretation of Modern American Literature のなかで、ジョン・オハラについて語っている。

ケージンはまず分類別として、一九三〇年代に入ってロスト・ジェネレーションの文学が栄えた点から、このために一章を設けて、スコット・フィッツジェラルドを論じ、ついでヘミングウェイ、ドス・パソスに及び、章を変えて、『自然主義の復活』という題目で、コールドウェル、ジェームズ・ファレルを論じ、ついでスタインベックに至るその中間にジョン・オハラを置いているのである。フォークナー、ヘンリー・ミラー、トマス・ウルフは、さらに章をかえ、『修辞と苦悩』という題目で論じられるのであるが、オハラのこの位置づけはなかなか興味ぶかいものである。彼は、

——オハラの「サマラの約束」はマテリアルに対する全くの自信から生れたもので、現代アメリカ人のフォーク・テイルといってもいいくらい成功している。だが「バターフィールド8」と「天国の望み」では巧みさの方が目についてくる。それは左翼作家が犯したところの目的と手段を逆用してしまったのと似ていて、オハラは作家的才能を過信して、人生批判に突きあたるまえに、彼独自の〝鋭い観察眼〟と〝鋭敏な耳〟に頼ってしまったことである。彼はエドマンド・ウィルスンが称したように『赤新聞の殺人記事の詩人』にとどまっている。彼をハードボイルド・ライターの代表者とするならば、この一派の作家は、センセーションの技巧的製造家であり、映画、ラジオ、赤新聞からのネタで満足するオポチュニストである。それゆえオハラの作品は一段と高い芸術には無縁な存在であり、彼の狙いはすべて虚偽となって映る——

「バターフィールド8」と「天国の望み」の読後感からは確かにケージンが言ったようなことを感じるのである。しかし、ケージンのこの興味ある著作が発表されたのは一九四二年であったことを忘れてはならない。ジョン・オハラは、その後、オポチュニストではなく、彼自身の歩くべき道をしっかりした歩みぶりで進んでいったのである。

これを証明するために昨年十月十八日のニューヨーカー誌に発表された「乾いた殺人」Dry Murders という短編のあらましを次に記しておこう。

——ハリウッドの撮影技師のキルシュナーが朝の食事のため食堂に入っていくと、そこでは妻のジュリーと料理女が何か話していた。料理女が出ていったあとで彼女は『ビバリー・ヒルへ行くけど何か買物があって?』と、訊いた。『海岸草履が欲しい』『靴なら自分じゃなくちゃ駄目よ』『足型を鉛筆で書くよ』『でも、この次にしましょう』と妻は答えた。『コーヒー沸かさしてくれ』とやがてキルシュナーが言った。『うるさいわね、そのくらい自分で言えば』『あの女中は俺が嫌いなんだよ』ジュリーは台所から戻ると『今日は何をするつもり?』『計画なしさ』『では、昼飯にフェイとアランが来るからお付合いしてね』『じゃ、泳ぎに行くことにする』『あんたのような人、溺れ死んじゃったほうがいいわ』その時、隣りの部屋から娘が母親を呼んだので、彼女は買物に出かけた。

キルシュナーはコーヒーを飲み終ると、水着姿になってサン・グラスと煙草の箱を手にし、海岸草履をぬぎすてて、海岸のほうへ歩いていったが、自分の家から見えない場所へ来ると岩ぶちにもたれて、妻のジュリーとアランを殺してしまおうという計画を樹てはじめた。そうすると結局はフェイという女優は彼のもとへやって来るだろう。だが彼は殺人が実行に移されない空想事だというのが判るような気がした。そして、彼はうとうとしはじめた。

その時、子供の声がした、眼をあけると、

『おじさん、それは何?』

『煙草だよ』

『それは』

『ライターだよ。こうやると火がつくだろう』

子供はそれで彼の煙草に火をつけさせた。

『ありがとう』

『おじさん、何ていう名前?』

『ポール』

『ぼくはビリー、飛込みしてみせようか』

そういって少年は元気よく飛込みをしてみせたが、上ってくるとまたそばへ来て、

『おじさんの胸の毛、白いね』

そのとき少年の母親とみえる若い婦人が呼んでいるので、彼は走っていったが、ふり返るとまたやって来て、

『おじさんにキッスがしたいけど』と言った。

『ああしておくれ』

少年は彼の頬にキッスした。

『さよなら』とキルシュナーが言った。

『さよなら、ポール』

『おじさんも、そろそろ帰ろう』

とキルシュナーは言って立ち上ると手を振ってから向きを変えた。そして、彼はその日の最後の独

り科白を大きな声でいった。
『キリスト教の世界では誰もこんな話を信じまい！』

あるブラック・ボーイの死

黒人作家のジェームズ・ボールドウィンがね、五月に「もうひとつの国」という新作を発表したんだけど、タイム誌あたりに批評が出るまえに、銀座の洋書店のウィンドーにおいてあった。ぼくはボールドウィンびいきなもんだから、ほしくなっちゃってさ、たかい本だけど買っちゃった。そうしたら、これが凄いんだよ。よくアメリカで出せたとおもったなあ。六月になってニューズウィーク誌にやっと批評が出たけれど、やっぱり褒めていてね、二、三年まえだったら、完全に発禁になっただろうと書いてある。とにかくスレスレのところまで描写してあるんだ。ながい小説で四〇〇ページ以上ある。それにはべつに驚かないけれど、すべりだしはタイムズ・スクェアにある映画館の二階でね、ここでやってるイタリア映画をみにきたルーファスという名の黒ちゃんが、いつのまにか眠ってしまい、やがてハッと目をさましたときから書きだしてあってさ、ここんところを読んだ瞬間から驚いてしまったというわけなんだ。

この黒ちゃんは、腕ききのモダン・ジャズ・ドラマーだったが、精神的にも肉体的にも疲れきって

James Baldwin
牛

いる。お金はもう一文もない。じつは映画館にはいったのは午後二時だったのが、ハッと目をさましたときは夜中すぎでね、眠ってるあいだに案内係がきて一度おこされているし、二度はイタリア映画の俳優が、あんまり大きな声でどなったので目をさました。それから二度は毛虫みたいにノロノロとズボンのうえを撫でていった手でハッとしたっていうんだけれど、タイムズ・スクェアの夜ふけの世界って、変てこな人間が出没するもんだなあ。ルーファスが、なぜウトウト眠っていたかといえば、寝るところがなかったからだよ。

それに一日じゅう何も食べていないんでフラフラしている。映画館を出てセヴンス・アヴェニューのほうへ歩きだすと、夜空に輝いているネオンサインのあいだで薄ぐろく突ったってるビルが、ルーファスにとっては槍のようにみえたりペニスのように見えたりしてくる。そうして歩きながらレオナという女のことを思いうかべていた。

このレオナは、亭主にすてられて南部から出てきた白人の女でね、あるとき一流の黒人歌手が自宅でパーティをひらいたとき、ルーファスに惚れて、いっしょに暮らすようになった。そのパーティの夜、二人はヴェランダでやるんだが、そのときの気持が、荒れた海のうえをボートにのって揺れながら、一所懸命になって海岸のほうへと漕いでいこうといったシンボリックな描写になっていて、おや、ロレンスの「チャタレー夫人の恋人」みたいだなあと思わせるんだが、このあとのユーモアが吹きださせるんだねえ。ズレさがったパンツを引きあげようとすると、ロープのようにかたくなっていたと書いてあるんだ。まあ想像してもらうとしよう。ぼくたちは白人と黒人との恋愛については、そこにかならず人種的偏見があると教えられてきたけれど、ここではそんなものがないんだよ。そのため不思議な感動をあたえることになるんだけど、そのうち二人とも酒を飲みだして喧嘩ばかりするようになる。質ぐさになるものは、みんな質屋へもっていき、飲んでは寝て、起きると喧嘩をする生活がつづくうちに、レオナは気がくるってしまう。このことを知った彼女の兄が、南部から引きとりにやってきて、ルーファスの顔に唾をひっかけ、レオナを南部の精神病院へいれたのだった。

この日からルーファスは、あたかも殺人犯人のように行方をくらましてしまい、仲間たちが捜したんだけど、どこでどうしてるんだか分からない。こうして一ヵ月たって姿をあらわしたのが、滑りだしの映画館のなかで、いま彼は夜ふけのニューヨークの街を歩きながら、こんなことを思いだしているわけなんだよ。

なんだか持ってまわった話のしかたになってしまった。なんとかして感じを出そうとしても、なかなかうまくいかない。それにしても一文なしの彼は、一ヵ月のあいだ、どうして生きのびていたんだろう。

ルーファスは夜ふけの街を歩きながら、四十二番街で深夜営業をやっているスナック・バーのまえでふと立ちどまった。ガラス窓をとおして、ビールを飲んだりホットドッグを食べたりしている男や女が見える。ルーファスは『世界中のどんな都会でも、ビールを飲ましてやろう、温かい毛布があるといえば、男の子を買うことができるんだ』と考え、ゾーッとなってしまう。これはどんな意味なんだろう、とぼくには分からなくなったなあ。すると、このとき一人の大きな紳士がスナック・バーから出てくると、ルーファスのそばに立ったままタクシーでもひろうような格好で、あたりの様子に注意したんだが、ルーファスには、このとき何が起こるか分かったというんだ。『こんなところに立っていて寒いだろう』と大きな紳士は言った、『なかへ入ってビールでも飲んだらどうだい』『サンドイッチのほうがいいなあ』とルーファスは答えた。

なかに入ると、大きな紳士は、ルーファスにサンドイッチとビールを注文し、じぶんはウィスキーにした。こうした経験はルーファスにとって初めてではないんだね。客たちは二人がやってることが分かっているらしいけれど、あたりまえのことだと思ってるんだろう、知らん顔をしてるんだねえ。ところがルーファスは、すきっ腹にあわてて詰めこんだせいか、急に気持がわるくなってしまった。『おいおい、どうしたい』と大きな紳士がいい、ビールのコップをのけて『このほうがいいよ』といってウィスキーを飲ました。そうしたら気持がなおったので、すこしたってから外に出たところ、大きな紳士は、こういったんだよ。

『おれは淋しいんだ。おまえも淋しいだろう。今夜は慰めあおう』

『ぼくは違うよ。ひもじかっただけなんだ』

『すると、おまえさんコック・ティーザーかい』と大きな紳士がいった、『ふん、嘘をいったって分かってるぞ。さあいこう』

ルーファスは逃げだしたあとで、一カ月ぶりに会った親友とナイトクラブへ出かけ、そのあとでイースト・リヴァーの橋のうえから投身自殺してしまうんだけど、なんでそこまで追いつめられたかという気持が、じつによく描けていてね、自殺したあとでも、これが仲間たちに影響することになり、筋はべつな発展をしめしていくんだ。それはちょっと素晴らしいもんだよ。

テネシー・ウィリアムズのエピソードを二つか三つ

きのうは日曜だったので一日ずうっと家にいてテネシー・ウィリアムズの研究書を読んでいました。ぼくはウィリアムズがすきなんです。こんどきた三本の映画のなかではホセ・キンテーロが監督した「ローマの哀愁」が、ウィリアムズ式なムードを色彩でうまく出しているので一番すきなのですが、「夏と煙」と「渇いた太陽」の両方に主演しているジェラルディン・ページの演技にも、すっかり感心してしまいました。

研究書というのは「テネシー・ウィリアムズ――彼の生活と作品」と題されて昨年の秋に出版されたもので、著者はベンジャミン・ネルソンといい、まだ二十七歳のアメリカ青年です。秀才肌だとみえ、一生懸命に読んで研究したあとがハッキリと出ていますが、おもしろいのはウィリアムズ自身から聞いた身辺の事情を作品の進行状態とむすびつけながら研究していることですね。こういった作家研究は、方法として誰でもが考えることですし、べつに新しくはないのですが、ウィリアムズの身辺の事情は、誰もまだよくは知っていないでしょう。それからウィリアムズの作品の全部を、順序を追って系統的に分析していったのも、この本が最初なのです。なにぶんコロムビア大学を出たばかりの若さですから、作品をふかく突っこむまでにはいっていませんが、こんなわけで、いろいろと参考になりました。

テネシー・ウィリアムズって名前は、響きがよくっていいなあ。いつも漠然とこう考えていたんですけれど、本名はトマス・レーニア・ウィリアムズでしょう。芝居の登場人物の名前のつけかたにしても、たとえば「渇いた太陽」(この変てこな日本題名を彼が聞いたらポカンとしてしまうでしょうね)のポール・ニューマンの役名がチャンス・ウェインとなっているように、なかなか味なまねをやりますが、テネシーと改名したのには何かいわくがあるのかなあ、と考えていたところ、ちゃんと書いてありました。

といっても別にたいした動機はないんですが、一九三八年の秋、ウィリアムズが二十八歳だったとき、ニューオーリンズに住みついています。それまではセント・ルイスで暮していたのですが、まえから精神に異常をきたしていた姉のローズが、とうとう病院ゆきになったり、じぶんも劇作家としてさっぱり芽がでないといった暗い気持から、ニューオーリンズへ、なにかを見つけに出かけたのでした。

このころからウィリアムズに独自なデカダンスの世界がきずきあげられていったのでしょうね。ネルソンの本には、こう書いてあります。『ニューオーリンズにきた彼は、生活のため、アパートのおかみさんが経営している二十五セント均一の食堂でボーイをした。一日じゅう働きづめで、夜になって解放されると、アパートへすぐ帰って芝居をすこしずつ書いたり、気がむかないときはニューオーリンズの町をぶらついた。そうするうちに、こんどはバーで時間をつぶしたり、安ホテルに泊ったりするようになり、つきあう連中も奇妙な性格の人たちや、世間から相手にされない人たちが多くなった。このようなタイプの人たちは、芝居の登場人物として空想したことはあったにしろ、直接なじんだことはなかったのである。ところがつきあううちに、ふつうの人間には感じられない親しみをあじわうようになった』テネシー自身も、こう告白しています、『ぼくはニューオーリンズで、やっと自由を発見した。ぼくのピュリタン的な生きかたは、この町でショックをうけ、このショックから、ぼくの芝居が生れるようになった』と。

トマス・レーニアをテネシーと変えたのは、この当時であって、トマス・レーニアと発音すると《南部の上品な家庭の客間で紅茶のコップが割れたような音》を連想させるが、テネシーと発音すると《みなぎった力と早熟な演劇精神》を感じさせるから、とてもいい、というんですね。こうして二十八歳のときからテネシー・ウィリアムズとなりました。

アメリカ演劇のビッグ・スリーといえばウィリアムズとアーサー・ミラーとウィリアム・インジの三人ですが、ぼくは「ピクニック」や「階段の上の暗闇」や「草原の輝き」のインジとウィリアムズとはアカの他人だとばかり思っていました。ところがインジに出世の機会をあたえてやったのはウィリアムズなんですよ。このことを簡単に書いておきましょう。

出世作「ガラスの動物園」がニューヨークで初演されたのは一九四五年三月でしたが、これより四カ月まえにシカゴでトライアウト（ブロードウェイで上演するまえに試してみる公演）をやったとき、インジはセント・ルイスの新聞スター・タイムズの記者で、娯楽セクションを受け持っていましたが、ちょうどこのときウィリアムズが実家へ戻ってきたので、インタヴューをしたわけです。そしてシカゴ公演の初日に「ガラスの動物園」をみて感動してしまい、芝居がハネたあとでウィリアムズといっしょに夜の町を歩きながら、なんとかして自分も劇作家として成功したいという気持をうちあけました。

このときから約一年後、「ガラスの動物園」のヒットで一躍有名になったウィリアムズが、メキシコに旅行して「欲望という名の電車」と「夏と煙」を執筆しているときでした。ウィリアムズは、ながいあいだ材料をあたためながらチョビチョビと、いくつかの芝居をいっしょに書いては、それに繰りかえし手を加えていくという癖があるんですよ。ともかくこうした旅さきに届いたのがインジのタイプした戯曲で、それには「天国よりも遠いところで」という題がついていましたが、ウィリアムズは読みながら、つよい印象をうけたそうです。それで激励の手紙を出しましたが、インジも喜んだんでしょうね、新作を書くたびに送っているうち、五年目に書いた第四作「いとしのシバよ帰れ」が、すっかりウィリアムズの気にいってしまい、彼が世話になった演劇エージェントのオードリー・ウッド女史に推薦しました。これは「天国よりも遠いところで」の改稿で、一九五〇年に初演され、映画化もされたインジの出世作であることは、みなさんご存じのとおりですが、彼はこれをウィリアムズに捧げたのでした。

もうひとつエピソードをつけ加えましょう。それは「ローマの哀愁」を監督したホセ・キンテーロとウィリアムズとの友情関係です。話は一九四八年にさかのぼりますが、メキシコで執筆していた「欲望という名の電車」は一九四七年十二月にニューヨークで初演され、ウィリアムズの名声を決定的にしましたが、翌四八年十月に脚光を浴びた「夏と煙」は大失敗におわりました。失敗の原因はこうです。映画をみても判るように、噴水の彫像がエンジェルになっていて、これが愛のシンボルとして扱われているでしょう。詩的なムードをだそうという作為が露骨に出てしまったのですが、舞台では装置のまんなかに、この石のエンジェルが大きく頑張っていて、その左右が牧師の家と医師の家というふうに組んでありました。そして右と左で、かわりばんこに劇が進行していくあいだ、いつもエンジェルが哲学者みたいに突ったっているので、見ているほうでウンザリしてしまったのです。

ところが四年目の一九五二年四月にグリニッチ・ヴィレッジの「サークル・イン・ザ・スクェア」で再演されたときは、装置の設計がまったく異なり、石のエンジェルは、ほんの装飾程度でしかなく、映画のプロローグでも見られる子供のころの部分を短く刈りこんだりしたので、見違えるような芝居になりました。

このときの演出者がホセ・キンテーロで、アルマに扮したジェラルディン・ページが注目されたのも、このときです。初演のときのアルマ役はマーガレット・フィリップスという女優でした。この「サークル・イン・ザ・スクェア」という劇場は収容人員が二〇〇名ちょっとで、舞台が四角になって客席へずうっと出っぱり三方から見られるようになっています。ちいさい劇場を利用し、ウィリアムズの芝居がインティメートな感じをあたえるように演出したのが成功の原因でした。キンテーロは、この劇場の持主でもありますが、彼の演出で生き返った「夏と煙」をみたウィリアムズは喜んだことでしょう。「ローマの哀愁」の監督にキンテーロが起用されたのも、ウィリアムズが推薦したからなのですが、なんによらず友情というのは、いいものですね。

テネシー・ウィリアムズ雑談

1　テネシー・ウィリアムズの「イグアナの夜」は幕あきから凄いねえ！

一月のはじめにブロードウェイのロイヤル・シアターで、テネシー・ウィリアムズの新作「イグアナの夜」が初演されたときの話だけれど、こんどのウィリアムズの芝居はどうだろうかなあ、と初日の客がたのしみにしているうちに、場内がくらくなって幕があいたんだがね、そのとたんウーンとみんなきちゃったんだよ。それもそのはずだとおもうのは、ベティ・デイヴィスがジー・パン姿でさ、ブラウスの前ボタンを全部はずして登場したからなんだが、あとから出てきた二十くらいのハンサムなメキシコ人も、シャツをズボンのなかにおしこみながら登場した。とおもうとベティが舞台のほうへと視線を投げ『シャノン』と大声で呼び、遠くのほうでガヤガヤいってる女の声にまじって、男の声が返事すると『こっちはもう知ってるんだよ。女たちをあすこへ案内したんだってね、シャノン。

そのうちいくにんと一緒に寝たんだい』と、およそ幕あきのセリフとしては、いままでにないような最初の一発で、みんなをドキンとさせ『こいつはイケるぞ』と膝をのりださせるようにしたんだが、もうすこしハッキリ説明しないと、なんだかよく分からないねえ。

いいかい、イグアナというのはメキシコあたりにいる大きなトカゲでヒョイヒョイと跳ぶんだ。ベティの役は四十をとうに越したホテルの女主人マクシンでね、このホテルはメキシコ湾の西に面した山のなかにある。そのヴェランダが三幕物の舞台になっているんだが、このマクシンがいま下品な言葉で呼びかけたシャノンという男は、女の団体客をとって観光バスに乗せ、あっちこっちを案内している。年は三十五くらいのアイルランド人だが、ずっとむかしは神父だった。ところが日曜学校の若い先生をひっかけたので破門され、メキシコくんだりにきてガイドになりさがってしまった。飲んだくれになってるところなんか、ジョン・フォードの「逃亡者」の神父、つまりグレアム・グリーンの「権力と栄光」の神父を思いださせるけれど、とても女にもてる男なんだよ。女主人マクシンは前の日に亭主がメキシコ湾で溺死してしまったが、シャノンがすきでたまらない。そこへ二人の女がやってきて、また彼がすきになってしまう。この役はパトリック・オニールという俳優がやってるけれど、とても見たくなっちゃった。

なんで遠くでガヤガヤ女の声がするかというと、安弁当でみんなゲリしてしまい、女団長フェローズがシャノンと一緒にホテルの下検分にくるが気にいらない。けれどバスのキイがシャノンのポケットにはいっているので、車はエンコしてしまった。そこへシャーロットという十七の少女が、シャノンを追いかけてやってくる。二人は関係しちゃったんだ。そこへまた四十に手がとどきかかった女画家ハンナが九十七になる老詩人をつれて泊りにやってくる。このハンナもシャノンがすきになってしまうんだ。

ところで、この芝居の評判だが、いままでのウィリアムズの作品のなかで最高作だという声がたかい。ぼくは「去年の夏突然に」が一番すきだったけど、この「イグアナの夜」の台本を読みながら、なるほど一回り上まわったなあ、という印象をあたえられたよ。それというのも教会から破門されたシャノンの苦しみが、じつによく出ているからなんだ。三幕目にきて、またウィリアムズ先生、奥の手をつかいやがったと思ったのは、色きちがいのベティ・デイヴィスが、ずっとまえ彼女の亭主にシャノンが告白している内緒話をぬすみぎきしてだね、それをわざと女画家のハンナに話すところなんか驚いちゃったよ。少年のころシャノンがマスターベーションをやっていたのを母親に発見され、はりたおされたというんだ。こんなセリフもウィリアムズじゃなくちゃ使えないやねえ。それから二幕目の途中でも膝をのりだしちゃうんだが、破門される原因になった日曜学校の女の先生ね、ザンゲしたいことがあるからと言ってシャノンの部屋へやってくると、二人で祈禱しているあいだに、彼女が挑発的な態度にでたんだ。あとで頰っぺたを殴りつけると、家へ帰ってからカミソリ自殺しかけたので問題になってしまったのさ。こんな話を打ち明けたシャノンが、ハンナに似たような経験があるかときくと、二度あるというんだね。最初はサイレント映画時代にクララ・バウの映画をみにいったところガラガラでさ、すこし離れたところにいた男が隣りに席をうつして、膝をこすりつけてきた。気持がわるいから遠くに離れると、またおなじ真似をやるんでキャーッと叫んだところ、その男は警官にふんづかまった。つまんないことは、やるもんじゃないよ。もう一度はシンガポールのラッフルズ・

ホテルで似顔絵の商売をしているとき、オーストラリア人が描かしてくれた。婦人下着のセールスマンだったというけれど、水彩画を一枚よけいに買ってくれたので、サンパンの船遊びに行こうと誘われてみると断わるわけにいかない。べつに何もしなかったけれど、うしろ向きになっているから、下着やパンツをぬいで、ちょっとのあいだ渡してくれないかというんだよ。しかたなしに思いきって頼まれたとおりにすると、それでどうかしたんだろうね、彼女のほうでも、うしろむきになってたんで分からなかったが、感にたえないような薄気味わるい声を出したといっている。それからマクシンがまた、死んだばかりの亭主の話をしながら、てんで満足させなかった、というようなことを平気で喋りだすんだ。それがみんなウィリアムズの口先にかかると、あけすけなのに汚なくなく、詩的になるんだから、とてもいい。

そうこうするうち、シャノンがどうしてもイグニション・キイを渡さないので、遊覧バス会社の別な男が来て腕力沙汰で取りあげてしまう。するとシャノンが追いかけていくんだが、しばらくして女たちがワーッと騒ぐ声がする。シャノンは女たちの眼のまえで、彼女たちの荷物に小便をひっかけたんだ。こいつはイカしたねえ。とうとう彼はヴェランダのハンモックのなかに放りこまれ、縄をかけられた。ハリツケにされたキリストとおなじわけだろう。そう思ってくれないかなあ。

こうしてシャノンとハンナのあいだに、ながい対話が交わされ、二人の気持がひとつになっていく。縄をほどいてくれと頼むけれど、ハンナは、なかなか言うことをきかない。『やっと信じることができるものを発見した』という。『神かい?』とシャノンが訊くと『いいえ』とハンナはいい『たった一晩だったけれど、おたがいが抜けられなかった堅門が破壊されました』と打ち明ける。この芝居の根本テーマもアントニオーニの「情事」とおなじように、人間が気持のうえで離ればなれになり、孤独におちいっているということなんだねえ。

けれど、こんな結論をつけるなんてキザだし、いやらしいよ。「イグアナの夜」って芝居は、ちょうど映画のうまいカッティングのようにさ、たとえばワイラーの「噂の二人」で感心しちゃったように、人間的なものが絶えずピーン・ピーンとこっちへ伝わってくるんだ。嘘だとおもったら、二月号のエスカイア誌を古本屋でさがして読んでごらん。これに決定台本のまえの全文がはいっているから。そして、もうひとつピーンとくることは、いい芝居だなあ、とは思うけれど、日本の舞台ではとてもコナせないという弱味なんだよ。

2] テネシー・ウィリアムズの駄洒落には吹きだしたなあ!

テネシー・ウィリアムズの芝居は当るねえ。また当ってるよ。だから台本が手にはいればパラパラとやりたくなるだろう。そう、こんどはパラパラと夜の十時ころから朝までに読めてしまった。日本で遊んでアメリカへ帰ったとき、オレも年とったから、こんどは大人になって喜劇を書こう。真面目な喜劇なんだ。もう出来かかっている。ある年のクリスマス・イヴにニューオーリンズで前の日に結婚した一組の夫婦がだね、葬儀車に乗ってテキサスの友だちの家に出かけるんだよ。この二人はそこで初めて雪が降っているのを見て感動するんだけど、やがてゴタゴタが起こるという仕掛けになっていて、題は「調整期間」とつけて置いた。ピリオド・オブ・アジャストメント。まあ悪くはない題だろう。こうテネシーはインタヴューのときに喋ったもんだった。

ぼくは夜の十二時ころになって、オヤオヤこいつは！　とチョイ愉快になって、しばらく読むのをやめたなあ。というのはだね、テネシーは、この芝居をどこでいつ考えたかという秘密を嗅ぎつけてしまったからなんだよ。いいかい、テネシーは東京へ来たとき、トルコ風呂のなかでアイディアを浮かべ、どこかの待合へ泊ったけれど目的がはたせず、それは京都あたりかもしれないけれど、おまけに地震にあったりしてだね、そうした経験を、かたちを変えて料理しちゃったんだなあ。アメリカ人なんかに分かるもんか！

この結婚したての男は三十四だけど、朝鮮戦争でパイロットになり、七十三回だったか爆撃飛行をやったんで、からだにきた。すぐ顫えだす病気にとりつかれたのさ。それで復員後も民間パイロットになったけどクビになり、病院にはいったところ、夜勤の看護婦がマッサージにやってくる。よほど揉みかたがうまいとみえ、背中がすんで仰向けになれといわれると、こいつができないんだねえ。つまりトルコ風呂のサービスがよかったんだよ。それで、この男は看護婦に惚れられたと早合点して一緒になってしまった。

ところがニューオーリンズからテキサスに向かう途中で日が暮れ、二人はモテルに泊ったが、男はビールをガブガブ飲みだした。顫えをとめるためなのさ。ところが、それから薄気味わるい行動に出るので、女のほうではイヤだといった。オレはいろんな女と寝たがソッポをむかれたのは初めてだといって怒りだし、テキサスの友だちの家についてもロクに口をきかない。女がバスにはいっているあいだに、このことを友だちに向かって白状する。このあたりなんか面白いよ。

Tennessee Williams

テキサス生まれの男が住んでいる家というのは、地面の奥のほうが大きな空洞になっていて、ときどき地滑りがあるらしく、かすかにゴロゴロと地鳴りがすると、家のなかが揺れだすんだ。一年に半インチずつ地下に埋没していく。この男は結婚後六年目であって、ある薬品工場主の娘を妻にしているが、クリスマス・イヴに会社勤めがいやになり無断でやめてしまった。それで細君がツムジをまげ五つになる男の子をつれて実家へ帰ってしまっている。このテキサス男といい、ニューオーリンズ男といい、どうもそれほど女には興味がないらしく、男ふたりだけになると急に元気がでて肩を叩きあったり、身体をくっつけあったりして仲がよくってさ、ニューオーリンズ男は、この家をキャッシュで売りはらって二人だけでズラかり、どこかの牧場を買って暮そうじゃないかと誘いをかけている。こんなところでテネシーの趣味がまた出てくるんだ。

ニューオーリンズ男の誘いに乗りかかったテキサス男は、結婚したての友だちを思いだして電話をかけ、留守にするから遠慮なしに使っていいよ、なんなら居抜きのまま格安にゆずってもいい、とにかくお金をすこし用意してきてもらいたいなあと頼みこむ。ところがさ、この友だちが貰ったワイフというのが家出したテキサス男のワイフと学校時代からの仲よしだったというわけでね、このことを注進におよんだので、カンカンに怒ってしまったのがテキサス男の義理のおやじだった。老妻とニグロの召使いをつれて自動車でテキサスへやってきて、婿養子の家に侵入すると、娘のドレスや目ぼしい調度類を運びだしはじめるんだ。このあたりも面白いなあ。

ところがクリスマスだろう。そして五つになる男の子がいるだろう。テキサス男は、かわいい子供のために、いろんなオモチャを買ってクリスマス・ツリーにぶらさげたんだよ。男の子は、これをほしがっている。じつは、おやじの目的も、これを持って帰ることだったんだ。しかし、そうは問屋がおろさない。テキサス男は、あした子供をつれて出直したら渡してやると凄みだすのさ。それと、もうひとつワイフに買ってやった高価な毛皮外套が、家出したあとで毛皮屋から届いて、ボール箱に入ったまま置いてある。こいつも、おやじには手が出せない。

ところがニューオーリンズ男のワイフが自動車のなかにテキサス男のワイフが乗っていることを発見した。家出したけど、やっぱり気になって一緒にやってきたっていうところだが、このあたりから妙にメロドラマくさくなるよ。それを承知のうえでテネシーはやってるんだね。車のなかに隠れていたワイフは居たたまれなくなって子供のクリスマス・プレゼントをとりにくるんだけど、毛皮の外套をみて感動してしまい亭主に抱きつく。おやじのほうは、いくら警笛を鳴らしても駄目なんでブツブツいいながら引きあげちゃう。

ところが、身のまわりのものを全部はこびだされたので、ネマキがない。仕方なくニューオーリンズ男のワイフのネマキを借り、二組の夫婦が仲なおりして寝ることになるが、おりからゴロゴロとまた地鳴りがして家のなかが動きだす。舞台は暗くなりだし『気をつけて頂戴よ、借物が破けるといけないわ』という声がする。テネシーも変ったもんだねえ！

ワイセツ語だらけのノーマン・メイラーの新作「なぜぼくらはベトナムへ行くのか」の話といっしょにアメリカの青年と先輩とがやった「対話」をサカナにして

いま枕のうえに置いてあるのは、さっき銀座から帰ってくるとき買った本だが、三十ページばかり読んで、引っかかった。こいつはいけないぞ。そう思うと、卑怯だが、読みかけにしたままで、隣りの部屋に入り、この小説についてアメリカ人が書いた批評があるはずだと、コソコソさがしてみたところ、二、三つ出てきた。

ノーマン・メイラーの新作「なぜぼくらはベトナムへ行くのか」から話をはじめたいので読みだしたのだが、まったく厄介な作品ときている。銀座のイエナ洋書店で、この本が目についたときは、安っぽい造本のうえに、カヴァー・デザインが下手クソなので、二千円ちかく出して買う気にはなれなかった。けれどアメリカで話題になっているし、どんな調子の文章なんだろうと、五分ばかり腰を落ちつけて読んでみると、ははあ、やっているな！　という気がしてくる。さしずめヒプスター調だといっていいだろう。それで買ってしまった。

そのときまた、こいつは！　と思ったのには、たとえば「ファック」fuckが一番いい例だが、四文字のワイセツ語だらけで出来あがっているような感じの文章だった。アメリカのワイセツ語には、日本のワイセツ語とは、ちがった響きかたと強さがあり、それがたくさん一緒につながって文章になると、いくら苦心したって日本語にはならない。ノーマン・メイラーの作品は、詩集「貴婦人たちの死」と戯曲「鹿の園」と最近の評論集「食人種とクリスチャン」の三冊をのぞくと、いままでに残りの全部である六冊が山西英一氏の手によって訳出され、若い人たちのあいだでメイラーは、外国作家のなかで一番人気のある一人になってしまった。あとで書くように、この「なぜぼくらはベトナムへ行くのか」は二〇八ページ目になった最後の一ページになってはじめて、ベトナムという字が出てくるだけなのだ。すると何が書いてあるというんだろう？

主人公は、テキサス州きっての大金持の実業家ラスティ・ジェスローの息子ラナルドという十八歳の文学青年で、ジェームズ・ジョイスやウィリアム・バロウズといったところに夢中になっているが、いっぽう彼はテキサス州ダラスの放送局でディスク・ジョッキーをやっている。そして二年まえの十六歳のときに、おやじさんと一緒にアラスカへ熊狩りに行ったときの話が中心部分になっているのだが、そのあいだにディスク・ジョッキーである彼が、局で何事かをベラベラと喋りまくっているのが「イントロ・ビープ」Intro Beepという見出しになって、十回ばかり入りこんでくる。この「イントロ」というのはジャズで使っているイントロらしい。「ビープ」というもの、やはりジャズでいうビバップをもじったものらしいが、なにぶんこれがヒッピーの聴取者たちを相手にした語り口なので、

「イントロ・ビープ」の二回目の途中である三十ページあたりになったとき、ぼくには残念ながら、ついていけなくなってしまったのだった。

そこで探しだした三つの批評に目をとおしてみると、意外なことには「サタデー・レヴュー」誌の九月十六日号で、一流クラスの文学評論家グランヴィル・ヒックスが、メイラーを酷評しているのだった。ながいあいだ彼は、この週刊誌の常設コラム「文学地平線」で、あたらしい傾向をいく癖のある小説を、このんで批評し、それが呼び物になっている。ぼくなんかもヒックスのコラムが読みたいばっかりに、ほかの記事は、たいして面白くない「サタデー・レヴュー」を、ずうっと買ってきたのだった。

メイラーの「ベトナム」は、ヒプスター、ヒッピー、カレッジ・ボーイ、大学生に受けそうな気がする作品だ。どんなところがグランヴィル・ヒックスには気にいらないんだろう。彼の批評を、ざっと読んでみることにする。

十年ほどまえだがメイラーは大統領選挙に出馬するつもりだったと「私自身のための広告」(一九五九)の序文で告白したものだ。その後あきらめたとみえるが、そのかわりに自分が書く小説が、ほかの作家の小説なんか、くらべものにならないくらい、読者に影響をあたえることになるだろう、と自己宣伝をやった。

ところがどうだろう。「アメリカの夢」(一九六五)で読者に一杯食わした。なんという悪文だろう、これは！　物語にしたってバカバカしい。メイラーは、わざと三文小説のつもりで書いたんだと、うそぶいているが、いくら彼の忠実なファンでも騙されはしなかっただろう。こんどの「ベトナム」は？　ひとことでいえば、悪ふざけだ。

テキサスの百万長者ラスティの息子ラナルドは、D・Jの頭文字で自分を呼ぶほうが、すきらしい。ディスク・ジョッキーだからだが、十八歳にしては早熟すぎる。セックスの病理学者として、もう一流の権威だ。その書きっぷりはジョイスやバロウズの模倣にすぎないが、従来はタブーとされていた四文字のワイセツ語が、どのくらい出てくることか！　電子計算機で調べれば、記録破りということになるだろう。どうやらメイラーは、これ以上にワイセツ語は使えないし、読者のほうではウンザリするにちがいない、だから今後はワイセツ語を使って、ポーノグラフィなんかを書く者はいなくなるだろう、という道徳的な目的から出発したようだ。

このあとでD・Jの話はアラスカの熊狩りになるが、鉄砲の知識をひけらかすあたりヘミングウェイ張りだし、親友のテックス少年と北国の空の下で神秘的な体験をするあたりは、ウィリアム・フォークナーの有名な短編「熊」を下敷きにして書いているわけだ。そして熊狩りの思い出話が終って、現在になると、D・Jはテックスといっしょにベトナム戦線へと赴くのである。

D・Jは最初から自分のおやじの悪態ばかりついている。おやじはジョンソン大統領のパロディらしい。D・Jはテックスといっしょにアラスカ探険から逃げ出したりするし、この探険談はベトナム戦争のアレゴリーだと思われる。だがこんな悪ふざけを本気でやっているとなると、まったくメイラーの気持は判らなくなってくるのだ。

だが「ニューヨーク・レヴュー」誌の九月二十八日号に出たデニス・ドノヒューの批評になると、ずっとよくなるし、この文芸誌のほうが「サタデー・レヴュー」よりも読者がインテリになってくる。グランヴィル・ヒックスはメイラーの書きっぷりが気に入らないのだが、ドノヒューは、逆に気にいってしまい、その理由を、つぎのように説明した。

十回ばかり入りこんでくる「イントロ・ビープ」は、ディスク・ジョッキーであるD・Jの〈声〉であって、このあいだに混りこんでくるアラスカの熊狩りの話の語調よりも、かん高く響いてくる。神父の真似をして、お説教をやっているからだ。政治家やテキサスの大実業家や映画俳優のジョージ・ハミルトンやCIAや、なんでもかんでもに毒づきながら、説教もどきにD・J自身のための宣伝をやっているわけである。ところが面白いことに、これがアラスカの熊狩りの〈ストーリー〉とは、一見して関連性がないように見えながら、じつは非常に力づよく〈ヴォイス〉と〈ストーリー〉とが結びつき合っているのだ。

この関係のしかたは、きわめてアメリカ的なものである。その性格は、アメリカの偉大な詩人たちが現実のなかに発見した崇高なもの、それには「アメリカン・サブライム」American Sublime という言葉が適用されるようになったが、メイラーの「ベトナム」のスタイルも、これだ。ただ詩人たちの言葉とちがって、メイラーの言葉は、ひどく穢ならしい。

それで問題は、この穢ならしい言葉でしゃべりまくっている〈ヴォイス〉の受けとりかたになってくる。そんなことに聴き耳を立てるのなんかごめんだよというなら、それも勝手だ。だが気をつけて

Norman Mailer

聴いているうちに、それはアメリカに害毒を流している、あらゆるものにたいする攻撃の〈ヴォイス〉であり、だから穢ならしい言葉づかいになってくるのだ。もともとメイラーは、すきなものを大声で賞めあげる性格の人間だった。それが、こんなふうに変ってきている。

D・Jは、しゃべりまくりながら『こうして狂気が社会現象の中心となって支配しているからには、その狂気には、かなりな強さの力があるにちがいない』というのである。メイラーにとっての問題は、この狂気に原因する社会的害毒を追い出して、狂気の力をエネルギーとすることにあった。「ベトナム」という小説は、力とエネルギーの譬え話なのである。まるでアンダーグラウンド・レコードでも聴いているように、荒っぽくって狂暴じみ、ワイセツ語だらけだが、しゃべっていることには積極的な一貫性があり、すこしも乱れていない。処女作「裸者と死者」いらい、もっとも力のこもった作品であって、彼にとっての再出発になるだろう。

これが「ヴィレッジ・ヴォイス」の批評になると、もっといい。だが同じようなことを繰りかえし書くと、読むほうでもイヤになってしまうから、九月二十八日号に出たユージン・グレンという若い評論家の意見を、ざっと紹介しておくだけにしよう。

これはもう、あっさり、メイラーの勝利だというほかない。独創的で力づよいスタイルと内容のものだ。戦争という言葉は、いちども使ってない。すると題名の意味は？　ということになるが、自然主義的なアレゴリー——アラスカの熊狩り——のかたちで漠然とだが答がついている。アメリカの病癖を取りあげ、説教師の口ぶりで叱りつけながら、人間的に復活するかもしれない希望をいだいているようだが、それは表面だけのことで、すでにメイラーは絶望しているのだ。

行動によって彼自身の心の内部へと探険をこころみるメイラー。戦前から流行していた精神分析の方法と、戦後における実存主義とがいっしょになった考えかた。戦後作家のなかで、もっとも才能にめぐまれていた彼にとって、そうした要素だけでなく、彼のなかにある狂気が、そのまま読者の心の一部に巣くっている狂気として感じられたり、メイラー独自の比喩の強烈な作用のしかたなど、この「ベトナム」は、一流演奏家の名人芸みたいなものだ。また彼には露出症的なところがあるから、ともすると道化役者のように見えてくる。だが実際は、すぐれた腕前の作家であることが「ベトナム」によって判るだろう。

自然主義的な手法と夢とをミックスした前作「アメリカの夢」は、主人公と作者とのあいだの距離測定を誤ったので、道化的でメロドラマみたいな作品になってしまった。しかし、「ベトナム」では十八歳の語り手D・Jのために、たえず客観的な距離に自分を置くことができたし、ジェームズ・ジョイスがヒプスターになったような調子で語りかけることができたのだった。

「ヴィレッジ・ヴォイス」という週刊誌は、グリニッチ・ヴィレッジのヒプスターを相手にしていたが、最近はイースト・ヴィレッジ界隈が溜り場になったニューヨーク派のヒッピーたちに呼びかけているような記事が目だつようになった。ぼくは、ここまで書いて、ちょっと散歩に出かけたのだが、「ライフ」誌十二月十一日号が本屋の店先にブラさがっていた。それはアメリカン・インディアンの特集号で、ミルトン・グレイザーの表紙デザインが、ポップとサイキデリックの折衷型で面白いから買って帰ると、そのなかの記事のひとつに、家出少年少女とザ・ディガーズについて最近の消息が出ている。「ザ・ディガーズ」The Diggers というのは、まだ日本の新聞にも出ないようだが、サンフランシスコのヘイト・アシュベリーが本拠地で、家出してきたヒッピー志願者たちに、合宿アパート部屋を無料で提供したり、「ディガーズ・ストア」Diggers' Store といって、ヒッピー向きな装身具を、ほしい者にはタダでやる店を開いている連中のことである。グリーンハウスを追放され、地下にもぐりこんだ日本のイミテーション・ヒッピーはうらやましがるだろうが、最近ではイースト・ヴィレッジにも支部みたいなものができた。このあいだも「ディガーズ・ストア」が無料サービスをやったところ、行列が何時間も続いたそうだ。

そうしたところ、コネチカットの良家の娘で十八のリンダ・フィッツパトリックというのが、二十一のヒッピー・ボーイフレンドのジェイムズ・ハッチンソンといっしょに家出して、イースト・ヴィレッジにやってきたが、ある日のこと、二人とも死体になっていたという犯罪事件が発生した。発見された現場はスラム街アパートの地下室であり、二人は麻薬とセックスにふけったあと、何者かによって殴り殺されていたというのである。

この事件で家出した子供がいる親たちは蒼くなった。そのうえ一年ほどまえから良家の少女で、ヘイト・アシュベリーやイースト・ヴィレッジを目的地として家出する数が、男の子の数と同じくらいになり、こんなことは、かつてないアメリカ的な現象なのである。警察官が家出したティーンエイジャーだとわかれば、分署に連れて行って、親もとと電話連絡したうえで引き取らせているが、なにぶん家出少年少女の数は、この二年間に一八パーセントも増加している。正確な数は発表されていないが、三、四万はいるらしい。

家出少年のケースの一つだが、さる夏、ポールという十五歳の少年が家出した。父親はシカゴで社会事業に身を入れているが、ポールの学友からヘイト・アシュベリーでヒッピーの仲間いりをしているらしいのを知ると、妻といっしょに捜しに出かけたのである。最近は息子や娘たちが家出すると、親たちは警察の処置がまだるっこしくなり、自分たちで捜しに出かけるようになった。ポールは夏のあいだのアルバイトなどで五〇〇ドルの貯金があったが、ヘイト・アシュベリーで彼を捜している両親の姿を二度も見かけ、そのたびに物かげに身を隠したが、そのあとでイースト・ヴィレッジに巣をかえた。

家出の原因は、その土地で、たとえばヒッピーじみた真似をやると、近所の人たちから変な目で見られるし、おやじさんに殴られたりするからである。ポールの父親も、息子が帰ったら、殴って折檻してやろうと思っていたそうだ。最初に捜すのに失敗したとき、写真入りビラを九〇〇枚刷って、ヒッピーたちに協力を頼み、しばらくして、また出かけたが駄目だった。そうするうちイースト・ヴィレッジでヒッピーの仲間入りをしたポールのほうは、所持金を使いはたし、「パンハンドリング」Panhandling といって、見知らぬ通行人から喜捨をうけたりしていたが、やがてヒッピー生活に幻滅をかんじ、家に電話した。そのとき彼は、ヘア・スタイルなんかで文句をいうなら、このまま帰らないことにするといって、半分おやじを脅したあとで、迎えに来た両親と翌日、イースト・ヴィレッジの一角で落ち合ってから、三人は、ポールが行きつけのコーヒーハウスに入った。

そのとき父親が、コーヒーを飲みながら、こういったのである。

『いつものように、また怒ってさ、おまえを殴りつけたとする。そうしたら、おまえのほうでも、また家出をするかい？』

『そんな心配は、いらないよ。ぼくは、いい経験をしたんだから。これからは、頑固なお父さんとも、悪びれずに話し合うことができるんだ。近所の人たちに、変な目で見られたって平っちゃらさ』

とポールは答えた。

ぼくは、このポールの答えっぷりに感動してしまった。そうだ、この子のようにヒッピーの一時期をすごしたために、以前より、よりよい子になったのが、ほかにも大勢いるにちがいない。ところが、日本の新聞記事を見ると、ポールの仲間だといっていいようなティーンエイジャーが、大人たちの既成観念によって、いつも頭ごなしに叱りつけられるだけだった。そう思うと、もう二つ、つい最近だが切り抜いてしまっておいた記事にふれたくなってくる。

その一つは、イギリスのサンデー・タイムズ紙九月十七日号に出たヘンリー・ブランドンの記事で、ブランドンはアメリカ通の中年記者であり、毎号コラムを担当している。それはたいていワシントンの政治事情だが、ヴァカンスでネパール王国へ旅行したとき、首都カトマンズで大勢のヒッピーを発見、ちょっと驚いたのか、つぎのように報告しているのであった。

こんなにも大勢のヒッピーがネパール国めざしてやってくるのを見て、なるほどと思った。だいいちに景色が、目がさめるほど美しいではないか。そして文化がまだたいして侵入していない日常の生活ぶりは、おっとりしているし、こっちの気持もやわらいでくるのだ。そのうえ土地の人たちは陽気で、外来者を喜んで迎えている。阿片の一種ハシーシュは、とても安いし、ここでは禁制品ではない。また「ブルー・ティベタン」というヒッピーたちの巣になっている料理店へ行くと、たった二シリングで、レバーとオニオン炒めを腹いっぱい食べることができるのだ。

つまりヒッピー族が、サンフランシスコのヘイト・アシュベリーで人工的につくりだしている精神的な天国が、ここでは毎日あたりまえに起こっている。ところが、よくしたもので、こんなところでもヒゲを生やしたヒッピーさんは、異端視されるらしく、お役人が滞在期間を短くしてしまうのだ。どうやら〈世界一周旅行〉をやっているという名目できたヒッピーに、あまり金がないことがネパール人にはわかったとみえる。それともヒッピー的行動より、彼らの原始生活のほうが、教養的にすぐれていることに気づいたからかもしれない。ネパール国が、こんなにも文化の侵入をうけなかったのは、山また山に取り巻かれていたことと、侵入してくるための道が見つからないからだった。それを見つけたヒッピー族は利口だと思うが、どうやら隠れるにはふさわしくない場所になってきたようだ。

もう一つの記事は、プレイボーイ誌十一月号に出たミケランジェロ・アントニオーニとの対談だった。アントニオーニは、いつも質問にたいして一言か二言で逃げる癖があるので、この対談にしろ、たいしたことはないだろうと思ったところ、めずらしく喋りすぎているので、面白かった。あとで速記録に目をとおした彼は、それに気がついて、あわてて余計な部分を削ったという話だが、ずうっとまえサルトルが対談におうじたときも不思議なことになったと思ったものであって、ぼくが考えるのには、プレイボーイのギャラがとてもいいからにちがいない。いずれにしろ「欲望」をめぐって、つぎのようなことをアントニオーニは語ったのである。

質問『写真家のスタジオで二人の少女が一緒になって取っ組み合う場面ですね。あのとき恥毛が見えるのは、わざとやったことですか』
答『ぼくには見えませんでしたよ。どんな瞬間でしたか、それは？　そうなると、あらためて見なくちゃならない』
質問『スクリーンで見せてはいけないものがあるんではないでしょうか』
答『自分自身の良心以上にいい検閲はありませんね』
質問『いままでの作りかたと「欲望」は、だいぶ違っていますね』
答『そうです。いままでは男女の恋愛とか感情の脆さなどですが、こんどは個人と現実との関係です。現実のなかには、非常に説明しにくい自由があるわけで、そんな意味で、この映画は「禅」に近いでしょう。説明しようとすると裏切ってしまうのです。言葉で説明できる映画は、ほんとうの映画ではありません』
質問『大人たちは、いまの若い者をロスト・ジェネレーションのように見なす傾向がつよいですね。とくにヒッピー族のばあいは、現実に背を向けているんだ、というように』
答『ぼくはそう思いませんね。幸福であるための新しい方法を見出そうとしてるんではないですか。さっき、あなたは彼らが社会にコミットしてないといわれたが、別の方法でもって、それも正しくコミットしていると考えられますね。たとえばアメリカのヒッピーたちは、ベトナムやジョンソンに反対だが、「フラワー・パワー」とか「ラヴ・イン」とかいった愛のかたちで抗議してみせる。警官につかまったら、逆に抱きついてキッスし、花を投げつける。キッスしようとする少女を、どうして棍棒で殴りつけることができるでしょうか。これも抗議のしかたです。彼らはパーティをやるが、非常に静かなフンイキであって、それも抗議の一種であり、つまり社会にコミットしていることになります。暴力だけが解決の手段ではありません。こういうとヒッピーを扇動することが、ぼくにできそうな口つきですが、じつはヒッピーと付き合ったことはないんですよ』

質問『静かなフンイキというのは、LSDなんかのせいではないんですか』

答『LSDは人によって作用がちがうんです。これからの社会はレジャー・タイムをどうしたらいいか、困りだすだろうと思うんですが、そういったレジャー・タイムを満たすために、むしろLSDなどを政府が放出したほうがいいような気がしますよ』

質問『サイキデリックによる経験は、その人間を社会的なドロップアウトにしてしまうという説がありますが』

答『いっぽう新しいコミュニケーションの手段だと主張する学者もいますね』

質問『あなた自身はサイキデリックによる「トリップ」に興味がおありですか』

答『そういう会合には、こっちからLSDなりマリファナを持参しなければならないんでしょう。ぼくが知っている若い女性に、マリファナ常習者がいますが、周囲の連中もみんなそうなんです。ところが、ある日のこと、この女性とヴェネツィアのサン・マルコ寺院に出かけたとき、あの美しいモザイク模様を見た彼女は「すいたくなってきた！」と叫んだもんですね。つまりサン・マルコ寺院の美しさを、もっと巨大なかたちにして鑑賞したいという審美的な叫びであって、冒瀆の叫びではなかった』

質問『すると、あなたの映画が、いつも暗示しているように、古いコミュニケーションのしかたは、人間の仮面みたいだということになりますね。あなたの映画に感じられる、あの漠然としたコミュニケーションは？』

答『そうです。仮面だといえるでしょう』

じつは困ったことに、最初に使おうとしていた材料をそっちのけにして、三分の二以上のスペースを、余計な話でつぶしてしまった。その材料というのは、十月号のハーパーズ・マガジンが、二十ページにわたって特集した「世代のあいだの対話」である。これは政治評論家のウォルター・リップマンや文芸評論家アルフレッド・ケージンといったインテリとしての現役最古参の四人が、若い者たちに意見を提出し、それにたいして若い者の代表者と目される元気がよくって教養もある四人が、それぞれの回答を書き、最後に「黒い星、ヒロシマ再考」の著作で注目をあつめているロニー・ダガーが、しめくくりの文章を書いているが、世代のあいだにはハッキリと断絶があらわれていて興味ぶかい。

最初にノーマン・メイラーの「ベトナム」にふれたのも、書評のひらきのなかに、これと似たような断絶があるのを感じたからであった。そうして、このハーパーズ・マガジンの記事を取りあげただけでは、内容が堅苦しいこともあり、そんなことから傍道にそれてしまった。というわけで、この記事のくわしい紹介は、つぎの機会にしたくなったが、ほんのちょっと触れておくと、最初に意見を提出しているウォルター・リップマンは、つぎのように語りかける。

わたしのように老境に入り、しかも複雑な人間関係を観察しなければならない立場に置かれると、いきおい二十年か三十年まえに度を合わした眼鏡の奥から覗くというようになる。そんなとき、若いころに学んだものと、いまの若い人たちが学んでいるものとの区別がつかなくなり、世代のギャップが生じるわけだ。そのうえ人間関係の変化のありかたは、はげしさを加えるだけである。

このような変化は、きみたちの父親や祖父が、まったく予期しないものだった。テクノロジーの現社会にあって、彼らは無教育者となってしまった。だから最早なにも教える資格はないのだけれど、そういった技術の面を超越して、ただひとつ教えてあげられることがある。それは人間的叡知のことだ。

この人間的叡知は、ジェット機に乗っているときでも、ただ歩いているときでも、想像力のいかんによって自分のものにすることが可能だ。手工業の職人でも、電子計算機による製作所の技師でも同じことだ。要は、人間的環境のなかに根づよく残っている人間的な価値をみとめることにある。世代のギャップが生じた現状況にあっても、こうした人間的叡知は、どこかしらにあるのだ。痕跡だけになっているかもしれないが、それを発見したまえ。

これにたいしイェール大学で校友会雑誌を編集しているリタ・ダーショウィッツというインテリ女性は、つぎのように答えている。

人間的叡知がどうのこうのといわれますが、わたくしの生活、あるいは生活の条件として、それはまったく無関係なものなんです。わたくしたちより、ずっと偉大な経験をした、だからそれが人間的叡知となって、心のなかを豊かにするというのは、なんだか気まぐれな主張のように思われますわ。なぜなら、わたくしの人生体験は、両親のそれとは質的に違うものだし、いままでのどんな体験のしかたとも違ったものだと断言していいんですから。

それをハッキリいいますと、マリファナやLSDを、ときたま服用するのは、かえっていいことだし、子供のころから教わった価値なんか、どこがいいんだろう、物資的な豊かさとか、アメリカ的な善意とかは、わたしたちが探している本当に重要なもののまえには、なんの価値もないんです。なにが価値があったかという最初の記憶は、ちいさいころにテレビを見たときでした。そしてテレビによって、わたくしの教育には、新しい次元が加わることになったのです。両親が教えてくれる以上のことを教えてくれました。

それから黒人暴動にしても、行動主義者による革命以上のものを、若い者たちの気持に植えつけたのです。見えない人間だった黒人は、いまの大学校庭では、見える人間になってきました。また最近では幻覚剤が容易に入手できるようになりましたが、自己を内部へも外部へも認識させる新しい経験の媒介物として素晴らしいものです。『自分自身のものを、まず発見し、それにぶつかって行け』というのが、わたくしたちの新しい人間的叡知になりました。

ベトナム戦争は、学校や家庭で教えられた価値が、どんなにニセモノであったかを証明してくれました。第二次大戦のとき、アメリカの戦争のしかたには高貴なものがあり、死ぬことにも無意味でないものがあると感じましたが、こんどの破壊と殺戮にたいしては意味を見出すことが、まったく不可能です。それなのに政治家たちは、昔のころ、ちがった戦争があったころに使った言葉を、そのまま使っているだけなので、世代間のギャップは、ますます深まるばかりだといわなければなりません。ともかく古い価値は、いま若くあることで偉大な昂奮をあじわっている者に、まったく無価値なものになりました。

ぼくはウォルター・リップマンというアメリカでの価値ある頭脳より、この若い女性のほうが、ずっといい頭脳をしていると思わないではいられない。

2

ぼくの好きな五〇冊の小説

キングズレー・エイミス「一人の太ったイギリス人」

「怒れる若者たち」一派が話題になったのは一九五三年からだが、みんなが四十をすぎた現在、いったいどんな調子になっているんだろう。ジョン・ブレインは最近作「嫉妬ぶかい神」で、おとなしい作風の中年作家に下落してしまったが、「おやじを殴り殺せ」のジョン・ウェイン、「承認できない証拠」のジョン・オズボーンは、彼ら独自のアングリー・トーンをまだ失っていないし、「ラッキー・ジム」を書いたキングズレー・エイミスにしたって相変らず面白い。

太ったイギリス人で出版業者のロジャーは、ペンシルヴァニアのバドワイザー(というビールの名前をもじった)カレッジ生徒が素晴らしい小説を書いたというので、その出版打合わせにやってくる。そうして最初にカレッジでアメリカの出版業者に会う場面から始まるが、これは表向きの目的だった。

カレッジには新赴任の言語学者がいるが、その妻ヘレンは、ロンドンにいたとき彼の情婦だった。デンマーク生まれの女だがもういちど彼女と寝ようというのが、わざわざ来た目的であって、そのため彼は二人の家に泊り込んだ。

ところで彼は以前から女と寝るときは自分からさきに裸にならない。出っ腹を見せると損するからだ。そういうときには食いすぎると性欲がにぶることも計算にいれ控え目にしている。またラテン語を使いながら、ゆっくり楽しむというテクニックまで工夫した。

エイミスのアングリー・トーンは、こうしたロジャーのあらゆる行動をとおして発揮され、この太ったイギリス人がいかに嫌われているかが、ピカレスク形式をとったエピソードごとにすこしずつ暴露され、そのたびに毒気の作用がきつくなっていく。とくにヘレンが別な男とニューヨークへ駆け落ちしたとき、ジャズ・クラブにいる見当をつけて探し回ったあげく、とどめの一撃を加えられるあたりは猛毒的な効果をおさめた。

イギリス人の恥をさらけだしているので、怒りだす読者が多いのは当りまえだが、それではエイミスの罠に引っかかったことになるだろう。

ドナルド・バーセルミー「カリガリ博士帰っておいで」

最近ニューヨーカー誌が持ちあげている新人の短編集で、なにより題名がいいし、表紙の絵がまた面白いので、つい読みだしたところ、十四編のうち最初の六編が歯が立たないので驚いた。あとの八編は、ずうっと分かりやすくなる。つまり逆に読めば楽なのだが、むずかしい順に並べたところが、あとで奇妙な印象をのこすことにもなる。

ドナルド・バーセルミーが短編を書きだしたのは四年前で本年三十二歳。もともとシュルレアリストなのだが、非条理の世界に入りこむようになり、そこからいかにもアメリカ的なアヴァン＝ギャルド手法が生まれるようになった。

どの作品も最後のところで意味がつかめなくなってしまうようなヒネリを利かせている。それで筋なんかも書けないのだが、たとえば、つぎのようなのがある。

十一歳の小学生が日記をつけているが、それは細君に逃げられた三十五歳の男が、小学生に逆戻りしてしまい、教室で女の先生に惚れてしまった告白なのである。だが先生のほうでは小学生だと思っているから反応がない。じつは大人なので教室の机と椅子が小さくて我慢ができず、校長に文句をいうと、ちゃんと小学生のサイズに合わしてあるのだから、いやなら他の学校へ行けといわれる。

トップに出ている「フローレンス・グリーンは八十一歳」というのは、新人を紹介するのがすきなハーパーズ・バザーに掲載されたが、ぼくは途中で何回もダウンした。金持ちで旅行ずきの老婦人が『どこかへ行きたい。何もかもが違ったところへ』といって眠ってしまったあとで、わけが分からないようなことが書いてある。要するに非条理な世界になってしまうのだが、ほかの話に共通していえることは、人間ってこんなにも弱々しい存在なのかという感じが、非条理なシチュエーションから、じつによく出てくることで、こうしたオリジナリティのよさは否定できない。

またシュルレアリスムとしてのユーモアも随所に発生してくる。アンドレ・ブルトンが喜ぶことだろう。

ジェレミー・ブルックス「ヘンリーの戦い」

イギリス作家ジェレミー・ブルックスは処女作「水上カーニバル」(一九五七)を三十一歳のときに、

ついで「ジャムポット・スミス」(六〇)、「ヘンリーの戦い」(六三)を書いたが、名前が売れ出したのは第四作「英雄としてのスミス」が本年三月にベストセラーズの上位に食い込んだときからである。シチュエーションの喜劇として面白いのが特色とされているが、それは「ヘンリーの戦い」を読んだだけでも、よく分かる。

ロンドンでアパート生活をしている独身のヘンリーは、いつも部屋に蚊帳をつってスリラーを書いている。一年に二冊の割で007号式なスリラーを書いていけば、どうにか生活がなりたつのだが、蚊帳のなかでないと熱帯地での戦争体験が生きてこないのだった。ところが六冊目の終りに近づいたとき、急に筆が鈍ってしまい、おまけに厄介な事態になったのである。

スリラーの執筆に追われて新聞にも目をとおさないでいた彼は、召集状が舞い込むまでスエズ出兵のことを知らないでいた。それで核禁止運動に挺身しているフィアンセから徴兵忌避しろといわれて面喰ったのである。愛国者である彼は、また兵隊になるつもりだったが、偶然その夜いっしょに寝た純情なモデル女が、彼のスリラーを褒めたので好きになってしまい、それが動機で徴兵忌避すると山のなかに隠れ、やっとスリラーを仕上げたものの、それは変てこな結末になっていた。

ついでブタ箱に放り込まれる運命になった彼は三通の手紙を受け取る。フィアンセのにはデカしたと褒めてあり、モデル女のには出所する日を待っているからとある。原稿を受け取った出版者の手紙には、敵のスパイを罠にかけるのに成功したのに、なぜ殺さないで仲直りしたんだ、そんな平和主義はスリラーには通用しないから出版は見合わせると書いてあった。

こう書くと平凡なプロットになってしまうが、スリラーのひねりかたしか知らないヘンリーが現実問題に直面して困るあたり、いままでとは違ったシチュエーションの喜劇としての味があり、ほかの作品も読んでみたくなるのである。

アースキン・コールドウェル「ビスコの行方をたずねて」

アメリカ南部における黒人の暴動が計画的になりだした二年ほどまえのこと、コールドウェルは生まれ故郷ジョージアの僻村で、四歳のとき一緒に遊んでいた黒人の子供が、いまはどこで生きているだろうかと気がかりになり、彼をさがして南部を遍歴した。

これがノンフィクションになったが、最近ずうっとコールドウェルの小説をきらっていた批評家が、これを一級品だと言いリポーターとしての彼を褒めたのである。コールドウェルは遍歴した各地でビスコの行方をたずねてみた相手の言葉をテープ録音しておいて、全体を十九章に分けながら、各章のまんなかあたりから、その言葉が流れだすといったスタイルのルポルタージュ文学であって、ナマの会話は一ヵ所も使っていない。

コールドウェルは、ある一つのアイディアから出発し、ノートなしで書きすすめていくということを思い出したが、このばあいのアイディアというのはビスコに白人の血が混じっていて、あまり仲よくなったために遊んではいけないと言われ、十六歳になったときだが、なぜ黒人には皮膚の色の濃淡があるのかと不思議になったということが、彼の遍歴とむすびつく心理的な動機となっている。

またコールドウェルはストーリー・テラーであることが小説家であると言った。このノンフィクションは皮膚の色の相違による南部黒人の分布図で、その講義みたいのが各章の前半を構成していて、それが非常に面白い。たとえばアーカンソー州では、その土地に向いた黒人だけを培養していて、混血種のジョージア黒人なんかは一人も入り込ませなかった。だからここでビスコをさがすのは無駄だといわれた。

こうした黒人分布図から暴動の要因が、どこに潜んでいるかという時局的な問題になっていくが、なによりも驚いたのは、北部の黒人同情派にたいして南部の地主たちが怒りをぶちまけ相変らず黒人を人間あつかいにしていない現状であった。

ついにビスコは現われない。ちょうどポーの「マリー・ロジェの秘密」の結末のように、どこか遠くへ流れて行き、老いさらばえた六十歳の余命をやっと支えていることだろう、と想像するほかなかったのである。

ジョック・キャロル「恥ずかしがる写真家」

これは悪名たかいオリンピア・プレスの末期に出た一冊で、そのときの題名は「ボトムズ・アップ」といい〈乾杯しよう〉という意味が〈尻を持ちあげる〉という意味に強まった。それが改題され、一九六四年にハードカヴァーとなってアメリカで出ると、たちまち三版を重ねたというのには驚いたが、どうやら読者の大部分はカレッジ・ボーイだったらしい。こんな話だからだ。

まだ女を知らないキングというカナダの土人が、日本人の宣教師にプレゼントされた旧式箱型カメラをうまく使いこなすようになり、懸賞に応募した雪景色の写真が佳作となった。その賞金を届けにきたパイロット飛行機に乗って、カナダの僻地からニューヨークへ出てくるが、途中でヘリコプターが遭難しているのでパチリとやった。ところが遭難者が有名な映画女優だったので、その写真はライフによく似た一流週刊誌のスクープとして話題となり、一躍有名となっただけでなく、女が絡まったカメラの冒険がはじまる。

取材さがしはモーガンという腕利き記者のお手のものだが、この男は女の子にも手が早く、一仕事すむといつもベッドでいっしょに寝ている。未経験のキングは何も知らずにそばで寝ているが、こんな現場仕事が繰りかえされているうちに、カメラを持ったターザンみたいに強いキングに映画女優が惚れこんでしまい、彼を男にしてやった。

ジョック・キャロルという正体不明の作者は、写真が本職のジャーナリストで、カナダの日曜新聞の編集をしている本年四十六歳の男だということが、あとで判った。さかんにカメラの使いかたが出てくるが、じつはオリンピア・プレスのジロディアスが、なんでこんな原稿を買い込んだのかと疑うようなシロモノなのである。エロティックな場面がスラップスティク式なのはいいとしても、いかにもお粗末なのであって、そうなったのはドゴールの検閲強化のせいもあるだろうが、ハリエット・デイムラーの作品などとは、とても比較できないのだった。それにしても、このペーパーバックの表紙は、読まないではいられないほど効果的だ。

リチャード・チョピング「蠅」

リチャード・チョピングはジェームズ・ボンド・シリーズのイギリス版にジャケット・デザインをかいて有名になった画家である。あの鉛筆による精密画は007号の新しい冒険を読みだそうとする者にとって不思議な魅力をまずあたえたものだが、この処女作は、こんなに汚ないものをよく描いたと思わせるような人間の孤独の精密画であって、ある朝の出勤時に始まっている。

最初の光景は、獲物をさがしている一匹のハエがドブに棄てられた避妊サックを舐めだしたところだが、そこへ十一歳の少女と弟があらわれ、少女が小枝のさきでサックを拾いあげると弟の鼻っ先へと突きつける。弟はゴム風船だと思って膨らまそうとするが、それを少女は引ったくると、また小枝のさきにはめて振りまわし、ドブに沿って歩いてくる男や女たちに向かって『これは何なの?』ときはじめる。第一章は全部こんな描写なので驚いた。

この男や女たちはドブのそばにある会社に勤めているのだが、何の会社だかは分からない。課長らしい中年すぎの男がいて、最後には自殺してしまうのだが、棄ててあったサックに結び目があるのを見て、なんで結んだのかと考えはじめる。この男は一番きれいな女事務員に惚れていて、なんとかしてモノにしたいと思いながらラヴレターを書いているのだが、それを渡す勇気がなかなか出てこない。女事務員のほうは若い男と仲よくなり、会社の便所で彼を満足させようとしたとき心臓発作に襲われて死んでしまう。翌朝その死体を発見した雑役婦は、地下室にはこぶと暖房カマドで焼却した。焼却した動機は、この雑役婦が若い男の秘密の日記を読み、まだ女を知らない彼が空想を逞しくして書いた情事の場面に刺激されたからである。こうして男を自分のものにしようとするが、やがて相手は気が狂っていく。

会話はほとんどコクニー訛りであり、おそろしいほどのスロー・テンポで書いてあるから、らくには読めない。だがイギリスの批評家も言うように、ハエがいつも飛んでいる腐敗状態の克明な描写は、たしかに類例がないものだった。

アーサー・コピット「娼婦たちがテニスをやりに来た日」

本年二十八歳の前衛劇作家アーサー・コピットはハーヴァード大学演劇部にいたころ天才扱いにされ、ジェローム・ロビンスの演出で「おおパパ、かわいそうなパパ、あんたをママが戸棚につるしたんで、ぼくは悲しくてしようがないよ」(六二)がヒットしたことから一躍有名になった。ヨット気違いで女ドラキュラみたいな金持ちの未亡人が、醜悪な顔をした夫が死んだとき剝製にして戸棚につるしておき、ハバナで誘惑したヨットクラブの会長が戸棚をのぞかないではいられないようにする。そのホテルの部屋では、若い女に誘惑された息子が母親のベッドのうえで、彼女を絞殺しようとして格闘がはじまり、そのはずみに戸棚があいて剝製の死体が転がりだした。そこへ母親が入ってきて、本や郵便切手やコインなどのコレクションで隠した死体をみながら『これにはどんな意味があるんだい？』と言うのである。

こんど出版された六編の一幕物集にもピンターやアラバールの芝居みたいな恐怖がみなぎっているが、コピットの特色は滑稽なシチュエーションから恐怖を生みだし、辻褄の合わない台詞の連発で舞台を混乱におとし込むことにある。とくに「室内楽」（六三）というのが、そういった代表作で、猛獣狩りがすきな女や女流飛行家や鎧姿の女武士など八人が、男どもを殺して食べてしまう相談をはじめるが、やがて女同士の殺し合いとなり、約一時間ばかり不協和音的なほとんど意味のない台詞で終始するのが異様な印象をあたえる。

「娼婦たちがテニスをやりに来た日」（六四）は人里離れた谷間にある金持ちだけの専有クラブが、高級車で乗りつけた十八人の娼婦によって占領されるという話で、彼女らは舞台に登場しないが、数名のクラブ員が窓から覗くと、みんながパンティなしでテニスをやりだした。なんとかして追い出そうとするが電話は切られてしまい、テニスのボールがガラスを破って飛び込んでくるかと思うと、天井の漆喰が落ちはじめ、攻撃は激しさを加える。つまり古い形式で進行している芝居が破壊されつつあるのだ。

ほかの作品からも不条理な台詞があたえる面白さが特色になっている。期待していい新人だと思った。

ジェームズ・ドラウト「ジプシー蛾」

ジェームズ・ドラウトというアメリカの新人は一流書評誌ニューヨーク・ブック・オブ・レヴューに最近三回にわたって自分の作品を全面広告した。彼には六作品があって、それらはコネティカットのスカイライト・プレスという聞いたことのない本屋から出ているが、ほかに出ている本はなさそうなのでドラウトの自費出版社だとみるほかない。

こんな新人がいたのかと思い、ちょっと読みたくなるような広告のしかただったが、しばらくすると「秘密」(六三)という処女作がペーパーバックになったのでビックリした。それからカレッジ・ボーイ向きのキャヴァリア誌を見ると「敵」という新作が連載されているのである。

ぼくの見当ではペーパーバックで出してもらいたいために全面広告を三回も出したらしく、つづいて「首唱者」(六三)、「ジプシー蛾」(六四)がペーパーバックになったが、ぼくの見当に間違いがなければ、これはいかにもアメリカ人らしい売出し戦法になってくる。

「ジプシー蛾」は三人組のパラシュート曲芸人が旅興行を続けながら、ある小都会の親戚の家に泊り込み、その土地での興行が終るまでの話である。パラシュート曲芸は地上すれすれのところで紐を引っぱってハラハラさせる手を使うが、仲間の一人が紐を引かないで自殺した。四千メートルの上空から墜落すると両脚が肩を突きやぶって飛び出してしまい、その白い骨がローソクのようだったと墜落現場を目撃した主人公が語っている。

彼らは現実社会に対してデスペレートな気持ちになり、そうした社会で生きていく恐怖とはまったく別な世界での危険な曲芸を繰り返していくわけで、テーマとしては、いわゆるアメリカの若いアップビート・ジェネレーションを対象にした面白さがあるのだが、文章が平明なわりに観念的なところがあるので自己宣伝で売り出したがニセモノではないかと感じさせた。

ニセモノ性についてはジェームズ・ジョーンズ的な兵舎物の「首唱者」や、成長の危機をあつかった「秘密」を読まなければならないが、もし読者がニセモノであることを発見されようとするなら、それなりにこの作家は興味の対象になるだろう。

シーモア・エプステイン「リーア」

ニューヨークの裏町で輸入雑貨の卸販売を小規模にやっていたハリー・ブロック商社は、大資本に押されて経営が成り立たなくなった。事務所は小さなビルの六階にあって、エレベーターはガタガタと音をたてて上っていく。三十七歳の独身女リーアは、この商社に秘書として五年間働いていた。

「塩の柱」「後任者」につぐ第三作「リーア」を昨年発表したユダヤ系アメリカ作家シーモア・エプステインは、この作品に第一回エドワード・ルイス・ウォーラント賞があたえられたことから注目されだし、最近作に「一ペニーの慈善」がある。ウォーラントというユダヤ系アメリカ作家は三年前に三十六歳で死んだが、遺作「ムーンブルーム居住者」「門前の子供たち」で文名が高まり、ナサニエル・ウェストに比較されている。最近シドニー・ルメットが映画化して評判のいい「質屋」も彼の原作だが、ナチ収容所の生き残りであるハーレムの質屋の主人とか妻に死なれたユダヤ人の鉛管工とか平凡な人間の日常生活を、わざと声を低めた調子でしゃべり、ロウ・キーであるため人間的な温かさを感じさせるという珍しい作風をもっていた。

「リーア」も似たようなタッチの作品であって、それが授賞理由だと思うが、読みながら興味をいだいたのは、男が書いた作品なのに、すぐそれを忘れて女流作家のものだと錯覚してしまうほど、リーアの会話とか、ニューヨークの冬景色にたいするリアクションとかがやわらかに出ていることであった。といってロバート・ネイサンのようにセンティメンタルな書きかたはしていない。

やがて春になれば新しい仕事口を見つけなければと考えながらも、せっぱ詰まった気持ちにはならないで潰れる寸前にある商社に出勤しているリーアの日常生活をとおし、それぞれに孤独な生きかたをしている周囲のユダヤ系アメリカ人が浮かびだしてくる。ときおりオフ・キーな効果をねらってリーアには満足できなかった皮肉なセックス場面や、売れない小説を書いた六十一歳の父親のことなどが出てくるが、約五百枚の長編をとおし、たいした出来事は起こらないで終る。

だから退屈な小説でもあるが、そういってしまえば何もかもおしまいだ。

ジュールス・ファイファー「女にもてるねずみのハリー」

ジュールス・ファイファーはグリニッチ・ヴィレッジの週刊誌ヴィレッジ・ヴォイス育ちのコマ漫画家で、ぼくたちにはプレイボーイ誌でなじみぶかいが、シック（病気になった）ユーモアをアメリカ漫画界に生んだオリジナリティの持主である。二十四歳のときから描きはじめて三年目に有名になり、本年三十六歳になるが、この処女小説を発表したとき、タイム誌でもニューズウィーク誌でも書評欄のトップに出した。ところが両方の書評とも、作品を読まないぶんには何のことだかよく理解できない。それでどこが面白いのかと思って原作にブッかってみたところ、どうやらこれはアヴァン＝ギャルド派の漫画家であるファイファーがいままで何を描いても評判がよかったので、それらの漫画の愛されかたを女の愛になぞらえてみたナルシシズム文学なのだった。

書評には寓話だと書いてあるが、それは主人公ハリーが生れたときから可愛がられ、学校でも天才扱いにされるし、十五のときローマで通行人の女に『寝ませんか？』と呼びかけるとコロリとまいってしまうあたりから、もっぱら女にモテどおしで寝てばかりいるという理想的な二枚目だからだろう。そうした女がヒステリーを起こして『ハリーはネズミだよ』と怒鳴るのだが、ある日のこと、ネズミのハリーは急にニキビが出て頭の毛が抜けだし、誰にも見向きされなくなるのだった。

ファイファーの写真を見ると、若いのに禿げあがっている。いまは売れっ子だが、そのうちマンネリ化するかもしれないという恐怖があるらしく、そういったハリーは悲痛で面白い。だが漫画の線を一本一本引くようにして書いたボキボキの文体で、ニューヨーカー誌が『なんて肩をいからした中学生みたいな書きかた』といったような読みにくさなのだ。それをタイム誌あたりが褒めているのだが、いったいこれはホンモノなのかニセモノなのかと考えてばかりいた。

最初はプレイボーイ誌に連載されたが、ひょっとするとニューヨーカー派のようにプレイボーイ派といったものが生れかけているのかもしれない。

レスリー・フィードラー「二番目の石」

モンタナ大学の文学部長レスリー・A・フィードラーが、六百ページの爆弾的評論「アメリカ小説における愛と死」で注目を浴びてから、もう四年になる。この本はマーク・トウェイン以降ヘミングウェイにいたる小説中に伏在した同性愛の要素をつきとめたものだが、最近ではアメリカ文学を研究する学生たちの必読書にまでなった。

つい最近出版された五冊目の評論集「終末を待ちながら」でも、危機時代における批評家の面目が躍如としているそうだが、短編集「虚栄を叩きつぶせ」(六二)についで処女長編「二番目の石」が、昨年三月に発表されたときは、これまた批評家を大いに喜ばした。

どんなところが面白いのだろう。小説の舞台は十年ほど前のローマで、ここで第一回国際恋愛会議が開催され、アメリカ代表としてマーク・ストーンが出席するが、彼は旧友のクレム・ストーンに会うと、同伴した妻ヒルダのガイド役を頼む。解説資料を読むと、この女のイメージはホーソーンの小説「マーブル・フォーン」に登場するヒルダとおなじであって、マークとクレムはマーク・トウェイン（サミュエル・クレメンス）に引っかかってくるそうだ。

ついでメーデーの暴動場面でクレムが二度目に拾った石を大使館へ投げつけると、それがマークの顔面に当たった。ここでなぜクレム〈ストーン〉が石〈ストーン〉をマーク〈ストーン〉に投げつけなければならなかったか、という謎解きみたいになるのだが、この二人は同一人物にも見えたりし、そんなところがフィードラーの文学理論の延長ともなって面白いということになる。

クレムはイタリア戦線に参加した体験を生かして戦争小説を書こうとし、八年間ローマに頑張ったが、なんにも書けていないし、タイプライターまで売ってしまった。ヒルダのほうは妊娠している。「恋物語」と副題がついているように、この二人の恋愛が中心になっているが、情事の描写など、じつに皮肉な筆致で描かれていて、なるほどこれは評論家が書いた小説だということを、いたるところで感じさせる。

ハーバート・ゴールド「塩」

現役アメリカ作家中もっとも頭脳的にすぐれた作品を書いているのがサンフランシスコ在のハーバート・ゴールド（四十歳）だと、ひいき筋が褒めている。どんな頭脳の持主かは、賛否なかばした最近作「塩」を読めば明らかになるだろう。実存主義の全盛期にパリで哲学を勉強しただけあって、彼の作品はアメリカでは珍しい実存主義的タイプのものなのだが、その文章構成にはヒップ用語のたぐいが、やたらと入りこんでくるので非常に読みづらいことにもなる。

そのスタイルは、仕事と女のあいだで絶えず気持ちが揺れうごいている三十歳すぎのニューヨーク人のナーヴァスな精神状態を表現するのに、すばらしい効果をあげる。青年実業家ピーター(第一部の主人公)は女たらしのタイプで、すぐに女を変えてしまう。彼は戦友のダンが結婚生活に失敗したのでニューヨークに出てこいとすすめた。クリーブランド生まれのダン(第二部の主人公)はニューヨークにすぐ順応し、ワイセツ映画製作グループの仲間にまでなるが、ついでピーターが捨てたバーバラを妻にする。バーバラ(第三部の女主人公)はグリニッチ・ヴィレッジの劇場に出ている駆けだし女優だが、ある雪の降る夜、ピーターは彼女のアパートを訪れ、寒いからといって一緒に寝てしまう。そのうえダンに、このことを告白したのだった。意外なのは、これも作者のねらいだろうが、第三部(二百ページ目から三百ページ)に入ると、女の目で眺めた世界なので文体がふつうの調子になることで、この部分はスラスラと読めてしまうが、それまでに繰りかえされるエロティック・シーンなど、判読しなければイメージが浮かばないくらい皮肉な情景として描かれている。

愛の不毛をテーマにするアントニオーニの映画と似たような小説で、ピーターの傷口になすりつけられたのが「塩」だった。

ギュンター・グラス「ブリキの太鼓」

ダンチヒ生まれの西独作家ギュンター・グラスは、この怪物的大作をパリ亡命中に書きあげた。三十一歳のときの処女作で一九五九年に発表。トーマス・マンの「魔の山」が一九二四年に出版されたとき以来、こんなに出版社が宣伝に熱をいれたことはなかったそうだ。

有名な第四十二話「玉ネギ地下クラブで」は、客でいっぱいになると玉ネギ一個にナイフをつけてくばり、合図で一斉に皮をむいてポロポロと涙をながしながら、みんなが大声で泣き合うというナイトクラブの話である。これはエンカウンター誌やショー誌にサンプルとして紹介されたが、去る三月に出たペーパーバックを見ると、この話が悲痛な感動をあたえたせいもあって、あとの話がとても読みたくなってくる。

三歳のときブリキの太鼓を買ってもらったオスカルは、生まれたときから頭のはたらきは大人とおなじだった。やはり三歳のとき、食事中のテーブルのしたで、大人たちが足さきで悪ふざけをやっているのを見ると、わざと穴倉に落ちて自分の発育をとめてしまった。それからは太鼓をたたきながら社会風俗を見回るが、怒りだして大声をだすとガラス窓が割れてしまうのだった。玉ネギ地下クラブでジャズの演奏をするようになったのは三十歳のときだったが、ある日のこと愛犬がひろってきたのが女の指だったことから、殺人犯とみなされ、気ちがい病院の一室に監禁されたあとで死刑の宣告を受ける。

どんなことをオスカルは観察してきたか。気ちがい病院で書きだした回想は四十六話、六百ページ近い分量になるが、戦後ドイツ文学界では最初のホンモノといわれただけに、異様な想像力がものをいい、面白いいっぽう、三千ページの本にでもブツかったかのようにクタクタにさせられてしまう。ルイス・ブニュエルの映画を、いくにちも見つづけているような気持ちにもなった。

ギュンター・グラス「猫と鼠」

ナチのヨーロッパ侵略が開始されて間もない夏のある日だったが、ダンチヒにあるハイクラスの生徒ヨアヒム・マールケが、グラウンドの草地に寝そべって眠ってしまったとき、ちいさな黒猫がやってきた。体操の時間にやるゲームの合間だったが、眠っているマールケのノドボトケだけがピクピク動いている。異常なほど突起したノドボトケだった。そばにいた同級のピンレッが黒猫をつまみあげて近づけたところ、鼠とまちがえて爪を立てたので、ビックリしたマールケは目をあけるなり悲鳴をあげた。

こうしてノドボトケの話が、無二の親友になっていくピレンツの口から語られていくが、ノドボトケを苦にしてマフラーやなにかで隠すようになり、学校の成績は優秀なのに仲間はずれにされるマールケを見るにつけ、罪悪をおかしたコンプレックスにとりつかれるだけでなくいつもノドボトケのことを書かないではいられなくなる。

ギュンター・グラスは、世界的な評判となり、ちかく翻訳が出る第一作「ブリキの太鼓」（五九）で戦後ドイツ文学の主潮をガラリと転換させたが、この作品の主人公オスカルは三歳のときに発育がとまった小びとだった。第二作「猫と鼠」でもドイツ作家特有のグロテスクな残酷趣味が、奇形をしたノドボトケの形をとってあらわれることになったが、たとえばユダヤ人のワシ鼻とはちがって、ここからは黒いユーモアが発散してくるのが素晴らしい。

マールケはどんな生徒だったか。ダンチヒの港に沈没している掃海艇のなかへと潜水していって、回転しなくなった蓄音機や腐ったカン詰などをサルベージしたりする情景が、エピソード風に独特なタッチで描いてある。最後には徴兵されたあとで脱出してくると、親友ピレンツの目のまえで、ふたたび潜水作業にかかるが、そのまま浮かびあがってこなかった。

なぜ不具者を笑いものにするのか、というドイツ人としての問いが、寓意性をもって印象にのこる。評判も第一作同様よかった。

ジョン・ホークス「第二の皮膚」

テネシー・ウィリアムズの「去年の夏、突然に」が評判になったころ「カニバリズム」という言葉が劇評によく使われたが、悪夢的恐怖感を出すために人間が人間の肉を食うようにさせたのは、戦後アメリカ作家ではジョン・ホークスの処女作「カニバル」（四九）が最初だった。

ウィリアムズのばあいでも最後の異様な場面はシュルレアリスティックであったが、敗戦ドイツの廃墟を舞台にした「カニバル」ではシュルレアリスムにカフカが入りこんでいた。だが彼はモーリス・ブランショと同じようにカフカを読んではいなかったのであって、これは有名な話になっている。ホークスの小説は版元がニュー・ダイレクションズのせいか、それともあまりに紹介しにくいせいか処女作はじめ「甲虫の脚」(五一)、「墓石の上の鵞鳥」(五四)、「石灰の小枝」(六一)などについて誰も触れた者がいなかった。こんどはじめて最近作が大衆版で出たのだが、ぼくの語学力では普通の小説みたいにスラスラとは読めず、最初のあいだはやたらにマークをつけながら二度も三度も読みなおすようにしてページをめくっていった。

自殺した葬儀屋の父と、そのあとでやはり自殺してしまう母がいた五十八歳の海軍大佐の異様な放浪物語で、二十五歳になる彼の娘も最後に燈台から投身自殺してしまうが、そのあいだに過去と現在とが入り乱れ、放浪の旅が西印度諸島へむかうと熱帯地の鳥がさかんに入りはじめ、そうかと思うと戦争中の恐ろしい光景が入りこんできて全体がシュルレアリスティックになっていく。

シュルレアリスムだと思わせるのは、きわめてタッチのこまかい文章が、なにかオブセッションにとりつかれているような感じをともない、スラングなどは使ってないのに言葉そのものがヒステリー的興奮状態にあるような特殊な叙述手法をとっているからである。ともかくチャイナ・タウンで入墨をする場面とか、カリフォルニアの銀鉱山で三人の暴漢があらわれる場面とか、義理の息子が残酷な殺されかたをしている場面とかは、イングマール・ベルイマンの映画における悪夢場面のように強烈なものだった。

ベン・ヘクト「陽気に、陽気に」

ベン・ヘクトは十六歳のときシカゴ・ジャーナル紙の社会部記者になり、それから五十五年間というもの、悪口がすきな連中からは『非常用階段のパリアッチ』だと叩かれたりしながら昨年四月十八日、七十歳のときに血栓で急死するまで書きつづけ、それらはシナリオ七十五本、戯曲二十編、小説二十五作ほか大量の短編・随筆になった。

また自伝的回想録として「世紀児」(五四)、「陽気に、陽気に」(六三)、「ボヘミアからの手紙」(六四)の三冊があるが、小説よりずっと評判がよかった。「陽気に、陽気に」という題名はカナダの十九世紀末官能派詩人ブリス・カーマンの「放浪詩集」からとったもので、主とした内容は駆け出し記者だった五年間にタッチした犯罪事件である。それがたいていエロティックな背景のなかから浮かび上がるようになっていて、たとえば死刑囚が絞首台(まだ電気椅子はなかった)の露と消える前夜、ヘクトが、独房でいっしょにトランプをしながら過去の情事を告白させるあたり興味津々たるものがある。

こうした六編の物語は、三年ほどまえにプレイボーイ誌の注文で書いたものだが、なかでも「浮浪者」というのがいい。

モルヒネ中毒で死にかけている老いぼれの浮浪者に、兄貴の遺産として巨万の金が転げ込んだというので、ヘクトは夜の町をさがし歩くが見つからない。三人の淫売を女房にしていたというので、ゴミ溜めからエサを拾っている浮浪者を連れて一ドルの女を買いにいくが、そこにいた二人の女房は最近さっぱり来ないという。三人目の老淫売は、女房になるとき貰ったホイットマンの「草の葉」を読んでいたが、やはり行方を知らなかった。それで朝になってから社に連絡すると、近くの通りで行き倒れ、死んでいるのが発見されたというのである。これを読んだとき、シカゴ・ボヘミアン派の一人だったヘクトは、まるでアポリネールみたいだと思いながら感心した。

ほかに独りごとのように喋りつづける芝居の思い出話など三編あるが、六十八歳の老人の文章とは思えないくらい張りきった調子をもっている。

アンソニー・ヘクストール・スミス「女王陛下のお婿さん」

グリニッチ・ヴィレッジのグローヴ・ストリートにあるグローヴ・プレスから出る本には、これがいい例だが、手にするまでは何だかよく分からないシロモノがあって、それを買わせる商売のうまさには昔パリで悪名を轟かしたオベリクス・プレスを手本にしたようなところがある。どのイギリスの出版社も敬遠した小説がこれだと宣伝すれば、グローヴ・プレスには相当のファンがついているし、みんなコロリとなってしまうのだ。ぼくもその一人だった。

アフリカ東海岸沖のバリ・フウ島は五十年ほど前まで人食い種族の島だという伝説があった。その伝説がくつがえされたのは第一次大戦でドイツの巡洋艦が逃げ込み、牛肉を出してゴキゲンをとったときからだった。島の女王は若いころパリのキャバレーで踊り子をしながら客とシケこんではかりいたという経歴がある。いまでも島の女にキッスをすると唇を嚙まれて血だらけになるのだった。

この島へ世界親善のヨット旅行に出た女王陛下のお婿さんが最後に寄航した。女王はドンチャン騒ぎの歓待のあとで、ティーンエイジャーの土人娘を提供したところ、彼氏はすっかりいい気持ちになり、仮病をつかって長逗留をきめこんでしまった。

朝になったとき、皺くちゃのシーツのうえで土人娘は自分の親指をしゃぶったままスヤスヤと眠っているのだった。子供みたいに膝を丸めているあたり、天井を向いてイビキを立てながら寝ている女王陛下の寝顔となんかくらべものにならない。といった調子で書いてあるのだからイギリスの出版社が困ったのも無理はないだろう。

要するにブラック・ユーモアで、すべてが単刀直入であって、強制帰国させられたあとでズボラになりだすと、大司教と相談した首相が殺すように警察署長に命令する。すると署長はお婿さんが気の毒になって別の男を殺し、バリ・フウ島へ逃がしてやるまえに二十万ドルふんだくる。その金で彼もメキシコへ逃げだす計画をたてたのだった。

読後は三流小説といった印象しか残らないが、わざとそうやった形跡もあって、それに気がつくとヤラレタなということになる。

チェスター・ハイムズ「原始人間」

黒人作家チェスター・ハイムズはアメリカよりフランスで人気がある。昨年十一月号だが雑誌「アダム」の表紙にまでなった。ミズリー州ジェファーソン・シティ生まれで五十六歳になるが、最近はパリでずっと暮らしている。「金色のでかい夢」といったスリラーが数作訳されてセリー・ノワール文庫に入ったからだろう。

作家活動としては二十年前の処女作「もし彼らが叫んだら放してやれ」(四五)ほか「孤独な十字軍」(四七)、「第三の世代」(五四)など黒人としてのプロテスト小説が本領だが、彼には白人の血が半分混じっていた。それで黒人がまだ書いたことのないような諷刺小説「ピンク・トゥ」(六二)で驚かし、黒人のラブレーといわれるようになったのである。

「ピンク・トゥ」が悪名高いパリのオリンピア・プレスから出たということは、アメリカの出版社から毛ぎらいされたからだったが、それなのに三年目の去る六月にニューヨークで堂々と出版されると、これにブッつけたように十年前の「原始人間」が飛び出した。ところが十年前の作品なのに古くなっていないし、これこそ本当にエロティックなものではないだろうかと感心してしまった。

ある夏の数日間の話で、四十二歳の黒人作家が第三作をたずさえてニューヨークに出てくると出版社から五百ドルもらい、その足で昔なじみの女のアパートへ遊びにいく。この女は三十五歳で黒人がすきな白人であり、朝ベッドで目をさましたとき男がそばに寝ていないと、その日は調子よく仕事がはかどらない。文化事業に首を突っ込んでいて金回りがいいが、話がはじまる日の朝はベッドに男が寝てなかった。

こうして飲み食い寝るという情景になり、白人や黒人がそれぞれの気質をさらけだすが、白人女にしろ黒人にしろ恐ろしく酒が強く、その飲みっぷりの描写が素晴らしいことから、酒びたりになったエロティックなものが目のまえに浮かびあがり、それが激しくなるにつれ「ピンク・トゥ」の前奏曲みたいになってくる。タイム誌の書評家がハイムズをけなしたことがあるが、それは安手のエロ本だとしか想像力がはたらかなかったからだろう。

W・ブラッドフォード・ヒュイ「マミー・ストーヴァーのホテル」

マミー・ストーヴァーは戦争中にホノルル基地で荒稼ぎした娼婦で、大金をためると、戦後はハワイでホテル経営に乗りだし、これも大成功した。金髪で六フィートもある二十二歳の娼婦マミーは、現代版マノン・レスコーだともいえるし、その驚くべき娼婦ぶりは前編「マミー・ストーヴァーの叛逆」(一九五二)に詳しく書いてある。一九三九年五月から始まって五年間に約二万人の客をとり、六十万ドルも稼いだのだった。

一九五五年。三十五歳になった彼女は、男とは縁を切ってしまい、そのかわりに性教育をはじめるのである。それが続編「マミー・ストーヴァーのホテル」であって、さしずめ現代版カーマ・スートラといったところだろう。正続とも高級ポーノグラフィだといえるし読みだしたら止められなくなる。「叛逆」のほうは太平洋戦争側面史ともいえる。作者ウィリアム・ブラッドフォード・ヒュイは処女作「一等兵スロヴィック」で、たった一人しかいなかったアメリカ脱走兵について語り、フランスで反響をまき起こしたが、近著「広島パイロット」では精神異常者であるイザリー飛行士の正体を明らかにし、識者の注目をあつめている。マミー・ストーヴァーが軍部の命令で料金をショート・タイム五ドルから三ドルに下げろといわれ、一晩二十四人の兵隊を平均三分ずつで片づけていくところが詳しく書いてあるが、このあたりにしろ戦争が背景になっているので痛快な読物となった。

「ホテル」のほうは、都会生活者がストレスのためインポテントになったのを治療してやるのだが、ヌード村落みたいになっていて、数組の客が、いろんな方法で満足感をあたえられるまでが、これも詳しく書いてある。ハワイ特集号を出そうとしている雑誌社が、小説家ジム・マヂソンに記事を依頼するが、彼はマミー・ストーヴァーの旧友であって「叛逆」の語り手であった。とどのつまり雑誌が発禁になるからといって原稿は送らないですますが、どんな理由で発禁になるかが、ちゃんとここに書いてあるわけである。

リロイ・ジョーンズ「ダッチマン」

最近、グリニッチ・ヴィレッジあたりのウルサ型が、

『リロイ・ジョーンズは、ジェームズ・ボールドウィンを黒くしたようなものだな』

というようになった。

この皮肉たっぷりな言葉の意味は、漠然とわかるような気もするが、それはウヌボレであって簡単に理解できるはずはないだろう。そこで一所懸命になって考えはじめる。

そうだ。ボールドウィンが「このつぎは火だ」を最初ニューヨーカー誌に発表したとき、彼はマルカムXの暴力主義に同調できなかったと語っている。ぼくは『白人の眼の玉を抉りだしてやりたい』と叫ぶマルカムXがきらいになりだした。ところが最近出た前衛ジャズ・レコードでアーチー・シェップの「ファイア・ミュージック」を聴いていると、マルカムXを英雄として讃えている一曲にぶつかり、こいつは自分の認識のしかたが浅いと思ったのである。リロイ・ジョーンズは前衛ジャズの最大支持者として最近注目の的になりだしたが、彼は来年は黒人の暴動が、ますます激しくなるだろうというのだ。そしてマルカムXの歴史観は正しかったというのである。ボールドウィンは白人と黒人とが互いに接近するだろうという可能性のうえで自己の思想を発展させようとしている。だがそんな可能性は絶対にないんだ。だから彼とぼくとは、まったく違う人間になってしまったとリロイ・ジョーンズはいうのである。

アメリカで一番マークされてしまう人間はホモだ。おなじように、黒人から一番マークされるのはブラック・ブルジョワジーで、この芝居の黒人青年もその世界に片足を突っこんでいる。彼は口ぎたなく罵られる。言葉によるリンチを白人の女から受けているのに地下鉄から降りようとしない。地下鉄は何回も停車したのだから、普通の人間なら、降りないではいられなくなるだろう。それでもこの黒人が罵られるのを我慢してるのは、あとでこの白人女と寝てやろう、一度でなく何度も寝てやろう、あわよくば金をふんだくってやろうと考えているからである。

だが彼は黒人としての気持ちを語らずにはいられなくなる。そして『お前さんには、もうなんにも用はないんだ』といいきったときナイフでやられる。こんな点でエドワード・オールビーの「動物園物語」に比較された。つまりオールビーはアメリカ中産階級をヤリ玉にあげ、ジョーンズは黒人中産階級をやっつけたわけだ。「フライング・ダッチマン」という幽霊船が「ダッチマン」という地下鉄になり、黒人青年が降りてしまわないから「フライング・ダッチマン」とおなじような空しい理想を追いかけているという黒人社会にたいするアレゴリーが生れてくるわけである。ジョーンズはこの春から一年間コロムビア大学の演劇部で芝居の書きかたを教えているが、彼がとくに力をいれているのは、アントナン・アルトーの作劇方法である。彼がアルトーの残酷劇を研究したことから「ダッチマン」が生れたことが、こうして明瞭になるだろう。

ウィリアム・メルヴィン・ケリー「異なれる鼓手」

ウィリアム・メルヴィン・ケリーは二十五歳の黒人作家。この処女作を詩人アーチボールド・マクレーシュは黒人によって語られた現代の神話だといって褒めたが、滑りだしから黙示録的なムードがただよい、しだいに異様な迫力が加わっていく。奇妙な題名はソローの詩からの引用語『仲間について歩いて行けない男がいるのは、異なれる鼓手がたたく音が耳に入ってくるからだろう』というのがあり、つまり、自分が黒人の異端者であることを告白している題名なのである。

一九五七年のことだったが、アメリカ最南部の架空の州ウィルソン・シティ(人口一八〇万)から、三日の間に黒人が一人残らず立ち去ってしまった。真相は未だに判明しないが、三日目の午後、サットンという小さな町に一つしかないドラッグ・ストアのまえで、プアー・ホワイトの集団が黙ったまま往来の光景を眺めているところから物語は始まる。すぐ目のまえにバス停留所があるが、おりから来たバスに黒人の集団が乗って立ち去るのを眺めている表情には不安が浮かんでいた。プアー・ホワイトは黒人といっしょに生活していたので食っていけたのだ。三日前に白人トラック運転手が十トンの塩を黒人カリバンの農園に運んだが、その塩をカリバンは耕地一面にふりまいたあとで住居を焼いてしまいバスに乗って姿を消した。これが騒ぎの始まりだったが一人残らずいなくなるまで白人は手をこまねいているだけである。

そのときコミュニストくずれの黒人牧師が高級車に乗ってやってくるが、この黒人がNAACP(全米黒人振興協会)のリーダーだと勘違いした町の人々は、最後の黒人にリンチを加えたのだった。

こうしたアレゴリーであるが、現実性の濃いカリバンや黒人牧師や彼に裏切られる白人コミュニスト青年の物語が入りこんでくる。作者が黒人異端者なのは反NAACP的思想の持主だという点にあり、頭をひねるような個所も出てくるが、風変りな黒人作家が出てきたものだと感心した。

リチャード・E・キム「殉教者」

リチャード・キムは二十四歳の韓国亡命作家で、カミュの影響を受けながら、この処女作を英語で書いた。昨年四月ごろアメリカ読書界ベストセラーズの第四位に食いこんだときは、韓国作家のものなので驚いたが、朝鮮戦争を体験したクリスチャンの彼がアイオワ大学創作科で勉強するチャンスをつかみ、それと同時にカミュの思想に傾倒していったことが、はっきりした特色となっているので、読みながら二重の驚きを味わった。

共産軍に侵略された北鮮を一九五〇年六月に国連軍が奪回したとき、敵側は十四名の神父を銃殺して退却したが、南鮮情報部にはいった消息では、そのうち二人が銃殺をまぬかれたというのである。なぜ処刑されなかったのだろう。十二名の殉教者のまえでユダのような裏切りに出たのであろうか？

これがテーマであり、真相をさぐりにソウルからピョンヤンへ行くことを命令された語り手の情報部員が出発するところから物語は始まる。彼は最初の教会で狂人を発見するがそれは生き残った神父の一人であった。この爆撃された教会のあたりから無気味なサスペンスが加わりだすが、つぎの教会で顔を合わした神父シンからも真相はさぐりだせない。銃殺される直前に二人だけ隔離されたというのだがその理由は口にしないのだった。

こうして殉教者たちの行動も不明のままで当時の状況が、いろいろなふうに想像され、それが推理小説のばあいとは異質な宗教的サスペンスになっている。そしてこのプロセスをとおして愛の不条理が証拠づけられることになる。

真相はこうだ。処刑されるまえ十二名の殉教者は、神を見失って泣きわめいたが、神父シンだけはツバキを吐きつけた。そのときは彼も神に愛想をつかしたのだが、敵のほうではツバキを吐くという勇気をみとめたのである。しかし彼はそのため、もっと重荷を背負って苦しまねばならなくなった。やがて共産軍が逆襲してくるが、彼は退却軍に加わらず、教会に立てこもる決心をする。

アメリカの大学での創作授業が、どんな成果をあげるようになったか。この作品は典型的なケースだといえるだろう。

ハリー・クレッシング「料理人」

十年ほどまえ文豪モームの甥にあたるロビン・モームが「召使」という中編を書き、これを三年まえに映画化したジョゼフ・ロージーが監督としての名前をあげた。ある召使が金持ちの独身青年の家に雇われると、かゆいところまで手がとどくような召使ぶりを発揮し、怠惰な生活に溺れだした青年が召使なしではいられなくなると、召使のほうで逆に命令したりして主人になってしまうのである。映画はアート・シアター系で公開されたが、原作よりも印象は強かった。

主従関係が逆になるテーマの小説が「召使」以前にどれくらいあったか知らないが、逆になっていくプロセスをとおして悪魔的でサディスティックな魅力が生まれるのは興味ぶかいことだし、この

「料理人」を読みだしたとき、最初に思い出したのが「召使」だった。ところがドゴールを連想させるようなワシ鼻で六フィート以上もあって、ただヒョロリと痩せているところが違う料理人というのが、世界中の料理本を読んでいるだけでなく料理の秘術を心得ていて、あるスコットランドの大金持ちの家に雇われると、ヨダレがでるようなものばかり食べさせ、最後には家のなか全部が召使のものになり、彼が主人になってしまうのである。

日本人には食通が多いようだが、それとはケタ外れなグルメの世界が展開され、読んでいると本当にヨダレがたれそうな料理が出てくる。そうするうちにロアルド・ダールの作風に似たサディズムが料理を食べさせることから発生し、町の名うての料理人に喧嘩を売られる居酒屋の場面では料理庖丁がダールの「南から来た男」における小道具のライターよりも薄気味わるい効果を出した。

ここは料理人が悪魔であることを暗示させる場面だが、負けた相手が殺そうとして出した鋭い料理庖丁をつかむと、厚いテーブルの上に置かれた片手の掌をグサリと刺してしまい誰にも抜けなくなる。するとナタを取り出した料理人が手首から切り落とすほかないと脅かすのだが、このあたりの凄みだけでも一読の価値はあるし、エンターテインメントとして最近での掘出し物になった。

ギャヴィン・ランバート「デイジー・クローヴァーの内幕」

イギリス作家ギャヴィン・ランバートは映画評論家だがシナリオ執筆のためハリウッドで暮らした

あとで、一九五九年に短編集「地すべり地帯」を発表し、これがN・ウェストの「イナゴの日」、フィッツジェラルドの「最後のタイクーン」とならぶハリウッド小説三大傑作の一つと賞讃されたことから、一躍文名を馳せるようになった。「地すべり地帯」のなかの一編「カリフォルニアの伯爵夫人」は、集英社の「世界短編文学全集」におさめられたが、中田耕治の名訳とともに忘れることのできない味のものだ。

四年ぶりの長編第一作「デイジー・クローヴァーの内幕」はナタリー・ウッド主演で映画化進行中であるが、これもハリウッド小説であって、歌が上手な十四歳の少女デイジー・クローヴァーを見込んだ映画会社のボスが、ヒット・ミュージカルを二本出してスターにするまでが前半。後半になるとマセた彼女はハリウッドのやりかたに反抗し、子供までこしらえたのでクビになってしまった。このへんがモタれるが、イギリス作家がアメリカ語で、それもアングリー・ティーンエイジャーみたいな文章で書いていくあたりは離れ業にちかい。ハリウッド小説を酷評してばかりいるアーサー・マークスも、この作品には一目置いたのだった。

サンタ・モニカの海岸で頭のイカれた母親（映画ではルース・ゴードンの役）と、住宅式自動車のなかで暮らしているデイジーは、十四歳のとき、安いノートブックを買って日記をつけはじめる。赤ん坊のお守りをして二十五セント貰うと、遊園地にある自動吹込みボックスに入って流行歌をうたい、その録音盤をためるのが楽しみだった。これが出世のチャンスになるというアイディアは平凡なようだが、どうしてそうではなく、クサった彼女が最後にガス自殺しようとするあたりにしても、作者のイマジネーションがゆたかなので、思わず感心してしまうのだ。

ハリウッド小説の発生と時代的な変化は、まだ外国でも研究している人がいないし、だれかやったら面白いんではないかという気がする。

トンマーゾ・ランドルフィ「ゴーゴリの妻」

この短編集を読みだしたところ、夜が明けても寝る気になれず、眼をパチパチさせながら最後まで没頭した。

ゴーゴリの伝記作家がいて、頭がシビレるような話をはじめる。いったいゴーゴリには妻がいたのだとか？　というのが研究家の謎になっているが、じつは精巧な等身大ゴム人形を可愛がっていたのだという前置きをして、どんなエロ小説もかなわないようなフェティシズムの世界へと誘いこんでいく。

また冬になると村中の人たちが、春まで冬眠してしまう奇妙な田舎町の話をはじめる。都会から来た女が、ビックリして手紙で報告するという形式だが、最後の手紙を書きながら彼女も睡魔に襲われだすあたり、むかし読んだボンテムペルリの短編をなつかしく思いださずにはいられなくなる。

トンマーゾ・ランドルフィは一九〇八年生まれのイタリア作家だがどんな顔をしているかは、手で顔を隠した写真しか出さないので、よくわからないが、それと作品がどこか似ている。以前「月長石」という長編が英・仏語に訳されたことがあるが、評判になりだしたのは上記のような短編「ゴーゴリの妻」と「牧歌」が、一九六二年、エンカウンター誌に訳載されたときからで、イタリアのカフカといわれたり、ボルヘスに比較（この短編集の「フランス王の死」が似ている）されたりしながら、異常な興味をあたえる存在になった。

ある詩人が告白をはじめる。よく知らない外国語で表現したほうが、面白い詩が出来るだろうと考えた彼は、知り合った船長から一年がかりでペルシア語を教わり、三編の詩を物した。ところがあとでペルシア語の本を取り寄せたところ一語も解読できない。でたらめな架空言語を教わったのだった。

夜中に檻から抜け出して教会の聖パンを盗みにいくサルの話になったときだが、サルが聖壇に小便を引っかけ、檻に戻ると器用な手つきでカンヌキをおろし、おまけにタヌキ寝入りをするあたり、どんな恐怖小説にもないようなコワサを味わった。全部で九編あるが、まったく素晴らしい。

ジェレミー・ラーナー「ドライヴしろ、と彼はいった」

これは二十八歳のアメリカ新人ジェレミー・ラーナーの処女作で一昨年十月に第一回デルタ賞をあたえられると同時に出版された。この文学賞はコンテスト形式でオリジナルな才能のある若い作家を発見するのが目的で、審査員はレスリー・フィードラー、メアリ・マッカーシー、ウォルター・ヴァン・ティルバーグ＝クラークの三名であった、いずれの審査員もこれをトップにした。この作品につぎラーナーは、十二名のヘロイン常習者の体験談を録音テープから編集した「街のアディクトたち」を出したが、これも最近ペーパーバックになっている。

彼が新人としてどの程度に期待されているかは、この処女作がパーティザン・レヴューやニューヨーク・レヴューの書評に取りあげられたことからも分かるが、その書評を読んでもハッキリしないことがある。それほどこの小説は厄介なシロモノなのだ。読んでいるうちに何のことだか摑みにくくなる。それは読みかたが足りないのではなく、字ヅラとは別な意味を持たせようとした曖昧さの実験作品だからだ。

ブルームという人気者の大学バスケットボール選手がいるがボールを投げるのに倦きてしまい、そうでない自分を発見しようとしている。寄宿舎の部屋の壁には《スクェアは自己抑制だ。ヒップは正しい反応だ》と大書してあるが、これは同室のアナーキストであるルーベンが書いたもので、ブルームの分身となって彼の欲望を追求していく。たとえば最後のほうだが、いやいやながら試合して勝ってしまう場面で、ルーベンのほうは教授の妻を強姦しようとして殺してしまい、その場面が入り乱れて展開するので、両方が同じ人間みたいになってくるのである。

ルーベンは自殺するが、ブルームはやはり選手として生きている。いやな試合を繰りかえさなければならない。このへんは簡単に理解できるが、アメリカの若い人たちの社会的プロテストが、奇妙なイメージとなって現われたり、スクェアとヒップとが対立して議論するのが繰りかえされたり、それがまた書いたとおりに読むと矛盾するのを意識してやっているので、ぼくにはとうとうお手あげになった。

アラン・マーカス「街と星について」

最近このペーパーバックを目にしたとき、ハードカヴァーの新刊が手に入ったよりも嬉しくなって、すぐ喫茶店で読みだした。ところが非常に手ごわい。映画がテレビに食われはじめたころ、ハリウッドの撮影所を上空から眺めたところから物語は始まるのだが、さてその物語がどう進行していくのかというと妙に癖のある文章で読みにくく半分まで読むのに二日以上もかかって往生したが、そのうえまるで映画をラッシュ・プリントで見てるようなもので、ストーリー・ラインがつよく浮かびあがってこないのだ。ははあこいつはジュール・ロマンが一九二〇年代に唱導していたユナニスム式なやりかたなんだなということに、三分の一くらい読んだとき気がついた。

一九三〇年代にユダヤ系アメリカ作家のダニエル・フックスが「低級な仲間」を発表し、一部の批評家はエドワード・ダールバーグといっしょに持ちあげたが、本年四十二歳になるアラン・マーカスは、この息子であって、じつは三十歳のときに「街と星について」を書きあげていた。それを八年後の一九六〇年に、金持ちの友人が六百部だけ印刷してやり、そのコピーを寄贈されたドロシー・パーカー（ジャズ文学の先駆的作品、「コルネットを持つ若者」で有名）が、そのころ一年間エスカイア誌で担当していた書評欄で褒めあげた。『目もくらむようなオリジナリティ』のある新人の作品だというわけで、ソール・ベロウも持ちあげた一人だった。

このオリジナリティというのは、ラッシュ・プリントのワン・カットずつを、アイルランド作家の文章を感じさせるいっぽう、外国から亡命してきたユダヤ人が主語と客語を置きかえたような考えかたの文章で、ワン・カットのなかの内容を、ほとんどサイレント的に表現しようとしたものである。

中心になる出来事は、亡命者を温かく迎えようというテーマの大作がモタついているとき、ファン・レター係りの女が女優名義の手紙を田舎の青年に出していたのが、間違いの喜劇になるといったもので、いま流行のブラック・ユーモアがキー・ノートになっているのは、やはりユダヤ系作家のせいだろう。

ピーター・マシーセン「ラディツァー」

本年三十八歳のアメリカ作家ピーター・マシーセンは、二十七歳のとき処女作「人種の岩」(五四)につぐ「パーティザン」(五五)で注目すべき新人とみなされ、当時はパリで仲間のジョージ・プリンプトンらと文学季刊誌「パリス・レヴュー」(現在も刊行されている)の編集に当たっていた。ついで六年ぶりに第三作「ラディツァー」(六一)が出ると、これも批評家に高く買われたが、また沈黙してしまい、こっちでも忘れていたところ、ついこないだ四年ぶりで「主の畑で遊ぶ」を発表し、タイムの書評でもトップにあつかったのである。沈黙したのはニューギニア方面で人類学の研究に没頭していたからだった。

こういう仕事ぶりは、アラビア方面で伝説採集をやっている「極北の空」のポール・ボウルスを思い出さすことになるが、彼と同じようにマシーセンはカフカの影響をうけたアメリカ作家だった。処女作は読んでいないが、「パーティザン」という小説は、アメリカ大使の息子が、少年のころ会ったことのあるスペイン人民戦争の英雄が最近どうなったか、その人間的変貌を自分の心理に反映させたもので、パリがカフカ的状況の舞台になっていた。こうした自己発見小説が「ラディッァー」では自己破壊小説になっている。つまり英雄の登場が悪魔の登場に変化したわけで、この悪魔がラディッァーだった。

物語は軍艦のなかで始まり、それから終戦時のハワイ、ついで帰還兵を乗せた軍艦のなかになる。まず最初にスタークという大学出の水兵が、ラディッァーのために愛妻が凌辱されたような精神状態におちいり、ついでホノルルでナイトクラブの歌手に溺れていく。ラディッァーは軍の食糧品をクラブに横流ししているので顔が利くし、この女も彼が世話したのだった。

こうした部分は、要するに作品のムードにすぎない。興味をさそうのは、ラディッァーという水兵が素性のいやしい悪魔として描かれていて、そんな男になぜスタークが引きつけられたかという点にある。あとでこの悪魔がポーカーでインチキをやってリンチを受ける場面があるが、それはどこかカフカの「流刑地」につながり、奇妙な印象をのこすのだ。二五〇ページ程度の作品だが、そんなあたりに読みごたえがあった。

トム・メイヤー「風船ガムとキプリング」

トム・メイヤーという短編作家の名前は、おそらくアメリカの読者でも、このペーパーバックで初めて知る人が多いだろう。ニュー・メキシコ出身で、まだ二十二歳の駆け出しなのだ。父親の農場がサンタ・フェにあり少年時代にロデオ競技に出場した物語が「ストーリー」誌に採用されたのが十九歳のときで、ついでハーパーズ・マガジンに二編、ニューヨーカー誌に一編採用され、二十一歳のとき、未発表の五編をあわせたこの短編集がヴァイキング社から出版された。

彼はアメリカ作家として男では最年少者だが、その昔サロイヤンを発見した「ストーリー」誌がなぜ喜んだかというと、この南西部育ちの少年ジェリー・ゴードンにヘミングウェイのニック・アダムズを思い浮かばせるものがあるからに違いない。またニューヨーカー誌が気にいったらしい点は、ハイスクールの寄宿舎生活をはじめたジェリーが、祖母の死を電話で知る場面だけ書いてあるが、どこかジョン・オハラの初期の短編を思い浮かばせるものがあるからで、技巧的には九編中もっとも光っていた。

また読みながらフランク・ハリスの「わが生と愛」でウーンとなった黒人少女ソフィとの場面を思い出したのが「風船ガムとキプリング」だった。風船ガムというのは、教室でスーパーマンのコミック・ストリップばかり見ながら風船ガムをかんでいるメキシコ少女のことで、キプリングのほうはジェリー自身を指し、家へ帰るとキプリングに夢中になっているからであった。この少女は学校の昼休み時間にグラウンドのかげで男の子と少女らしからぬ醜態をさらけだしているのを校長に発見されて退校処分にされる。だがそのまえにジェリーはダンス・パーティの帰り、真っ暗な穴ぼこの中で彼女に手ほどきされたのであって、ここらが正直に書いてあるだけにショッキングだった。

小学生のちっぽけな弟が、ノッポの生徒とボクシングをやって怨みを晴らす場面とか、バーで売られた喧嘩をしかたなしに買ったジェリーが、強そうな相手を叩きのめす場面など、ヒロイズムが頭をもたげだすが、書きかたは非常にうまい。褒めすぎたようだが、それは一番若いアメリカ作家の仕事としてである。

エドナ・オブライエン「カントリー・ガール」

本年三十三歳になるアイルランド生まれのエドナ・オブライエンが、処女作「カントリー・ガール」を書いたのは二十六歳のときだった。この原稿を読んで感心したのが、〈怒れる若者たち〉として当時売り出したキングズレー・エイミスであるが、一策として彼は一九五九年度のキングズレー・エイミス賞をこの新人にあたえるというトボケた芝居を打ち、その翌年に出版されたというエピソードがある。

批評家のほうでも彼女の作家的才能に驚いたが、ついで「みどりの瞳」(六二)と昨年十一月に出版された「結婚した少女たちの幸福」とで三部作が完成されると、その評価のありかたには、たしかに一流だと太鼓判を押したようなところがある。読みたくなったのも、こんな好奇心からだった。

アイルランド西部の農村にそだった十四歳の少女ケートが、自分を中心にしながら両親や作男のこと、そして三部作の最後になるまでババという学友のことを語っていく。最初のほうは少女小説のスタイルだが、それがなぜ褒められたかというと想像力にとんだ文章のためである。その描写はちょうどコレットのクローディヌ物のようにみずみずしい。少女時代にあじわう悲しい出来事がいくつか起こるが、そのバランスのとりかたがうまい。

また想像力にとんだ文章というのが、ふつうの観念とはちがっている。ぼくが考えるには、小説家になろうとしたのが九歳のときであったから作文をたくさん書いた。それを材料にして出来あがったもので、そうでなければ忘れてしまうような風景と人物との瞬間的結びつきから、過去がクッキリと現実になってくる。そういった一種の想像力なのだ。

第二部でダブリンになると、ケートは年がずっと上のインテリと恋におちいる。十八歳の少女がいだく羞恥と恐怖が、やがて快楽になっていくあたりはフランソワーズ・マレー・ジョリの「赤い部屋」とよく似ているが、第三部のロンドン生活では、かなり露骨になっていく。ナマの体験をそのまま想像力にとんだ表現で生かすと、自分は消えるかわりに現実性はつよまるという作業をやってみたわけだ。

エドナ・オブライエン「八月はいじわるな月」

これは最近訳出された「カントリー・ガール」(六〇)の作者エドナ・オブライエンの第四作であるが、映画化された第二作「みどりの瞳」(六二)と第三作「結婚した少女たちの幸福」(六四)を読んで感心していた批評家たちが、たとえば次のような文章にブッかって驚いたという最近での話題作の一つである。

『ベッドのなかで彼女は大きく開いた。そして彼にキツネの尻尾という名をつけたが、暗くてジトジトする林の空地で、それが紫色になって上へと伸びるからだった。彼はベッドのそばの電気をつけた。彼女は彼が固くなり、彼女のなかで茎が伸びるような気がした。軟らかく固くなって』

処女作「カントリー・ガール」では、すぐれた少女小説に似たタッチでアイルランドの田舎娘ケートの生い立ちが語られていた。第二作ではダブリンで女店員となって働き、第三作ではロンドンで結婚生活に入るが、やがて幻滅におちいってしまうのだった。それでも面白く読めたのはユーモアがうまく利いていたからだが、第四作でケートが、エレンという二十八歳の女に名を変えると、急にポーノグラフィに似たタッチになって、上記の引用文みたいな表現がしきりに出てくるし、ユーモアはなくなっていく。

エレンは家庭生活に失敗し、別居してから一年たった夏のこと、夫は息子を連れてピクニックにいった。彼女はすぐ一度しか会ったことのない男(これが引用文の相手)と寝る。それから単身リヴィエラ海岸へアヴァンチュールをさがしに出かける。ホテルに着くなり、そこに雇われているヴァイオリン弾きに身をまかせる気持ちになるが、彼はヌード写真狂でインポテントだった。と思うとボーイに見すかされて挑まれたり、海岸で知り合った男たちと一晩じゅう遊び回ったあげく一緒に寝るといったありさまなのだ。

その罰が当たって息子は車にハネ飛ばされて死んだ。彼女は罪の報いとして梅毒に犯されたような気持ちになりロンドンへ帰っていく。こんな荒筋だが突然変異がこうも目立った女流作家というのも珍しいし、そんな意味で読まれると興味ぶかいであろう。

エドウィン・オコナー「踊っていたんだ」

エドウィン・オコナーはアイルランド系アメリカ作家で本年四十七歳。人物を漫画化して描くのが得意で、処女作の「神託」(五二)ではラジオの人気番組を製作する人たち、ベストセラーになった「最後の歓呼」(五六)ではボストンの悪徳市長、ピュリッツァー賞をとった「悲しみの刃」(六一)ではアイルランド系アメリカ人である飲んだくれの神父を槍玉にあげた。

「踊っていたんだ」の主人公は七十八の元ヴォードヴィル芸人で、ダニエル・コンシダインといい、四十四歳になる弁護士の一人息子がいた。ダニエルはコミック・ダンサーとしてヴォードヴィル全盛時代のナンバー・ワンであって、世界中の巡業先で評判になったが、このショー形式がすたれたので、二十年ぶりでボストンに舞い戻ると、息子の家に居候をきめこんだのである。

それはちょうど一年前のことだったが、二階の部屋を占領され、その真下の部屋で寝起きしている息子は、夜明けにかならず目をさます癖がついた。早起きの老人は、起きるなり踊りのステップを踏み、それが彼の日課になっていたからである。息子の細君は、最初のあいだは親切にしてやったが、やがて頭にきてしまい、カトリックの老人ホームに入れようとした。

これにたいする老芸人の反抗が作品のテーマであるが、ある夜中にベッドのなかで細君は『おとうさんときたらトリックが上手だから用心しなさい』と亭主にいったのである。

このトリックがアイリッシュ・ユーモアと結びついて面白い読物にしている。老芸人は出ていくふりをしながら、息子に恥を掻かせ、そのまま居候をきめこむ方法を考えた。まだピンピンしてるのだが、中風になったヨボヨボの老人に自分をみせるというトリックで、その予行演習をひそかにやるあたり、さすがはピュリッツァー賞作家だと感心させるものがある。ところが息子のほうでは一目で芝居だと見破ってしまった。

さしずめ日本だと道義的に非難されるのは息子だが、作者が槍玉にあげるのは父親のほうである。そうした意味で最後の対決場面は辛辣さがよく利いていた。

ジョン・オハラ「でっかい笑い」

ジョン・オハラの作品は短編ひとつ訳されたことがなかった。それもふしぎではない。訳者泣かせの条件が、ことごとく揃っているのがオハラの書きっぷりだし、日本の読者に受ける要素にしても、ほとんどないものと考えられてきたからである。

こんどやっと処女作「サマラで会おう」(三四)が訳されることを知ったが、こうなったらいっそのこと短編をひっくるめ年代順に全作品を紹介していったらどうだろう。こんなに面白い味の作家がアメリカにいるのかと、オハラを知らなかった読者は驚くにちがいない。そしてオハラ・ファンが生まれてくるのは絶対だが、彼のファンになったのに気がついたときは、とりもなおさずアメリカ文学が非常によく分かったということになるのだ。「でっかい笑い」は一九二〇年代から三〇年代にかけてのハリウッドをからかった作品で、演技などまるで知らない二十歳の青年が舞台俳優として成功し、ハリウッド・スターにのしあがるという話である。出版されたときハリウッド・ジャーナリストとして知られたアーサー・マークスが、オハラは自作映画化で百万ドルはかせいだはずなのに、ハリウッドのプライバシーを侵害するとは礼儀を知らない奴だと息まいた。

これはまったく見当はずれな読みかただといっていい。オハラが他人とちがうのは、まるで私室に隠されたテープ・レコーダーのような耳を持ってることで、彼が得意とする〈ヒール〉(げす野郎)の世界を、こうした生きた会話をとおして描いたのが、スコット・フィッツジェラルドやヘミングウェイの影響として注目の的になったのだった。

ここに登場するオハラ的な青年は、舞台でエキストラをやっているとき、主役を食ってしまう手段を教わった。主役の見せ場で靴ヒモを結びなおすという卑劣なやりかたである。他人を面くらわせながら、うまいチャンスをつかんでしまう男が、どんな生きかたをしたか。そういう話をオハラがはじめたら、それこそかなう者はいない。

キャスリン・ペルツ「ロング・アイランドの家」

キャスリン・ペルツはコロムビア大学でフランス文学を勉強し、二十一歳だった六年まえ「庭」という小説でデビューしたが、この「ロング・アイランドの家」はフランソワーズ・サガンとメアリ・マッカーシーを一緒くたにしたようだという批評まで見受けられ、イギリスではブリジッド・ブロフイが褒めた。このあいだ出版された第三作の「幽霊」にしても、かなりエロティックなものらしいが、エロティックだといっても、いわゆる〈クール〉な体当たりであって、イヤ味がなく、そんなところがアメリカの若い女流作家として面白いんではないかということを「ロング・アイランドの家」で感じた。

夏の夜、海岸にあるモダンな家で数名の客を招いたディナー・パーティが催され、食事がすむとダンス、それから男も女も素っ裸になって海で戯れる。それだけの話なのでアッケないが、このとき経過した六時間は、アメリカのエリートの間でどんな知的ゲームと性的ゲームが行なわれているかという断面図になってくるのであった。〈クール〉な体当たりといったが、二十歳のアメリカ娘が、ずっと年上のイギリス人と海のなかで戯れながら、ちゃんとしたゲームができるかどうか実験してみたくなり、男のほうではうまくいかないのでイライラしはじめるといった場面が出てきて驚かすのである。このパーティは変なメンバーの取り合わせで、ヨーロッパ生まれの女が二人、イギリスの男が三人、アメリカの男が二人招かれていて、そんなことから世界情勢が話題になると、いきおいアメリカ人をひやかすのが、知的ゲームとなって展開していく。そして上記のアメリカ娘が中心になっていることからなんとなくヘンリー・ジェイムズの「貴婦人の肖像」を連想させることにもなる。

ところが後半になって海岸の場面となると、こんどはアイリス・マードックの「ユニコーン」を思い出させるような奇妙な人間的コンビネーションが生まれ、性的ゲームでは海中での実験のようにアメリカ人のほうが勝利をおさめることになる。若い女流作家としては、並々ならぬ手腕だと思った。

ドーン・パウエル「黄金拍車亭」

ドーン・パウエルは本年六十六歳になるアメリカ女流作家。オハイオ州生まれだがニューヨークに出てきたカレッジ・ガールのころからグリニッチ・ヴィレッジに住みついてしまった。こうして自他ともに許すヴィレッジ通の作家になったが、ふしぎと昔からイギリスの読者が喜んで読んできた。

彼らはアメリカの女流作家をあまり相手にしないのだが、ドーン・パウエルの作品には、マージェリー・シャープとかアンジェラ・サーケルといったイギリス女流作家に共通した機知とユーモアがあるし、いかにも生活をエンジョイしている書きっぷりなので、別格あつかいにしているのだ。

オハイオ州に育った二十六歳の青年ジョナサン・ジェーミソンは、生まれてはじめてグリニッチ・ヴィレッジを訪れた。死んだ母親は結婚前にコニー・バーチといい、ヴィレッジで暮らしながら一流作家の原稿をタイプ清書していた。そのころの日記が見つかったのだが、簡単にしか書き込んでない。たとえば『アルビン・ハーショーの芝居の三幕目を清書して渡したが、とても喜んでくれ、黄金拍車亭へ連れてってくれた』といった程度である。ジョナサンは日記に出てくる人たちに会って、当時の母親の生活ぶりを、くわしく聞いてみたくなったのである。

こうした滑りだしで物語がはじまるが、黄金拍車亭というサルーンは、一九二〇年代に一流文士たちの巣として有名だったし、いまでもビート族がさかんに出入りしている。ジョナサンが、どんなに興奮してしまったことか。人気画家に棄てられた二人のビート・ガールがいる。この二人と共同生活をはじめ、母親の過去をさぐるうちに、アルビン・ハーショーという大作家がどうやら自分の父親らしいことになってくる。ところが、この男のほかに、どこか自分に似ている偉い人物が二、三人いるのだった。

フィールディングの「トム・ジョーンズ」を引っくり返したようなコメディ・シチュエーションを工夫しながら、じつに若々しい文章で書いている。それは評論家の大物エドマンド・ウィルソンをうならした超俗的で途方もない魅力の源泉ともなっている。

フレドリック・プロコッシュ「愛のバラード」

つい最近これがペンギン・ブックスの新刊になったとき、銀座のイエナ洋書店でバーゲン・セールがあって一昨年出版のH・E・ウェデックの「エロティック文学辞典」に安い値段がついていた。この本は厚いわりに見かけだおしの内容なので、買っても役には立たないと思ったが、Aの項まっさきに出てくるのが、このプロコッシュ作「愛のバラード」なのである。説明は簡単で三行だったようだ。〝愛のヴァラエティを描いた性愛小説〟という文句だけメモしてから「愛のバラード」を買って帰った。

とてもやさしい文章なので、いい気持ちになりながら、その晩に半分ほど読んで一寝入りすると、すぐまた続きが読みたくなる。エロティックな部分が十カ所ばかりある。なんのこともないが、気持ちがよくなるのはプロコッシュ独特のムードが、やはり何ともいえないぐあいに発揮されているからであった。それは二十三歳のときの処女作「アジア人」から失われていない放浪的なエキゾティシズムで、ブレーズ・サンドラルとかポール・ボウルズが頭に浮かんでくるが、プロコッシュの味は、ほかの作家にはないものだ。ハンス・アルプの青い空の下でも歩きつづける若いインテリたちがヴィジョンとして形成されるといったらいいだろうか。

なんの筋もなく、オーストリア生まれの少年がアメリカやラテン諸国やアフリカを歩きまわりながら、いろんな本を読んだりしている。いとこの少女も放浪癖があって思いがけない場所で出くわすが、彼女は最後にサハラ砂漠で麻薬中毒におちいり、外人部隊の売笑婦となって死んでいく。
五十二歳のときの作品だが、じつに感覚が若々しい。まだ読んでないが去る三月に出版された「ダーク・ダンサー」はプロコッシュの傑作だといわれた。

ジョン・レチー「夜の都会」

ジョン・レチーはテキサス州エル・パソ出身で三十歳。昨年の夏の読物としてベストセラーズの仲間入りをした処女作「夜の都会」が七万部ちかく売れたので、新人として注目を浴びた。それより興味があるのは、主人公が少年時代に『犬は天国に行けない』と教えられたあとで、犬のように夜の都会をさまよい歩く四〇〇ページの内容が、ことごとく男色の話であって、それが受けるようになったアメリカ読書界の傾向である。

さらに興味が加わるのは、エル・パソからニューヨークに出てきた少年が作者自身であることで、タイムズ・スクエアに出てきたとたんに男色の世界を知るが、このあたりはジェームズ・ボールドウィンの「もう一つの国」で最初のエピソードとなった光景とよく似ている。そのボールドウィンが感動したというのも、これは男色漢ポートレート集みたいなものなのだが、全体にただよっている孤独感がセックスといっしょになって異様な迫りかたをするからだ。

十ドルが相場になってる少年を独身アパートへ連れていって、もう一人の少年といっしょに素っ裸にさせてから食卓に向かい合わさせ、自分はエプロンをして台所で料理をつくり、それを食べさせるのが趣味になってる中年男の話が出てくる。舞台がロサンジェルス、ハリウッド、シカゴにうつると、男色漢のタイプも変るが、たいていの取引場所が公園やゲイ・バーであり、マルディ・グラの季節になるとニューオーリンズへ出かけて行く。

こうして『犬が天国へ行けないのは不公平だ』という彼らのプロテストになるが、特殊な社会におけるコミュニケーションのありかたは、ふしぎな共感をあたえるのであって、こうしたハイブロウな男色小説がアメリカで生まれたことは非常に面白いと思った。

エーリッヒ・マリア・レマルク「リスボンの夜」

レマルクが「西部戦線異状なし」(一九二九)で売り出したのは三十二歳のときだった。この「リスボンの夜」は六十六歳のとき書きあげた亡命者小説で、昨年三月から五カ月間もベストセラーズのいいところに入っていた。こんな老作家になぜまだ人気があるんだろう。不思議になって読みだしたところ、じつにうまい滑り出しなのである。

戦争でドイツからパリを抜けリスボンに来たユダヤ系ドイツ人が、明日出帆するアメリカ行き客船を波止場で眺めている。妻との切符を二枚買うのに金が不足なので、賭博をやったところ元金をすった。それで絶望しているのだが、そのときゲシュタポみたいな男が闇のなかから姿をあらわしたので逃げようとすると、切符を二枚やるから自分の話を聴いてくれといい、ナイトクラブへ連れて行かれた。

それから亡命者がよく体験するアクション・メロドラマ談が始まるが、読みながら思い出したのは、一九三〇年代のベストセラーだったロイド・C・ダグラスの「緑の灯」で、これは自動車のドアがハネ返って目にぶつかり失明してしまう女性の恋愛メロドラマだったが、このとき『読み終ったとき、あなたは、きっと別な人間になったような気がするだろう』というキャッチ・フレーズが評判になった。

語り手のシュヴァルツという男もユダヤ系ドイツ人だが、驚いたことにナイトクラブが看板になると、別な料理店をさがし、ついで深夜営業のバー、四軒目は私娼窟といったふうに、最後の一ページになるまで、ほとんど一人で喋りつづけるのである。スイスに逃げたが、ドイツに残した妻のことが忘れられない。彼は引き返す。この国境越えの描写もうまいが、テニスンのイノック・アーデンが経験したように、ひさしぶりに帰ってくると妻は再婚していた。だが彼女はシュヴァルツと共にパリに逃げ、そこでまた引き裂かれる運命に陥ったあとで、やっとリスボンに来たものの、アメリカへ行く切符が手に入った日に自殺してしまう。ガンにおかされていたのだった。

つまり滑り出しの効果と、『読んだら別な人間になってしまうような』悲愴調の亡命ロマンスだから読まれたのである。それでも夜明かしでバーの梯子をやりながらの告白スタイルは奇妙なものだと思ったろう。

ジョン・シャーロック「グリグスビー少佐の試練」

ジョン・シャーロックはイギリスの生まれで三十二歳になるが、カリフォルニア大学に学び、ずっとロサンジェルスでジャーナリストをやっていた。この処女作「グリグスビー少佐の試練」は、とくに評判にはならなかったが、ハードカヴァーのほうの裏表紙の写真を見ると「王道」を書いたころのマルローを連想させる顔をしているうえ、マルローばりだというし、ちょっとイケそうな気がしたので読んでみた。

グリグスビー少佐はゲリラ戦術の名人といわれ、日本軍がマラヤを占領していたときコミュニストを指導して手柄をたてた。戦後は僅かな恩給だけで細々と独身生活を送っていたが、急にまたマラヤへ行けという命令をうける。もう五十四歳だが、ゲリラ戦術を教えてやったコミュニストのチェン・タクが、部下のゲリラ員にイギリス人の農園主四人を殺させたことから、形勢が悪化し、その始末をつけるには彼が最適任者だと思われたのだった。

チェン・タクの反抗は、各地に散在するコミュニスト部落が英軍部によって焼きはらわれ、居住者が別地区に移されたからで、この政策は「リセットメント・スキーム」といわれ、マライ全人口の一割以上におよぶ六十万人が反コミュニズム教育を受けることになった。

これが作品の背景をなす一九四八年ごろの情勢だが、チェン・タクを葬り去る使命を帯びたグリグスビー少佐は、彼がコミュニズムに幻滅を感じていることを発見した。これは安っぽいプロットのたてかただが、じつはほかの登場人物がみんな人間としての信念を失いはじめるのである。

もっとも印象にのこるのは、着古した服にボロ靴という恩給生活の老少佐が、没落した大英帝国のシンボルのように映るだけでなく、マラヤに戻ると青春の夢を追うように無鉄砲なまねをやりだすことで、ときおり悲痛な滑稽感をあたえる。あげくにジャングルのなかで倒れてしまうのだが、プロットが図式のまま生かされないという処女作の弱味が目についた。

アラン・シリトー「屑屋の娘」

アラン・シリトーは三十歳のときの処女作「土曜の夜と日曜の朝」(五八)と短編「長距離ランナーの孤独」(五九)が、映画化されて好評だったことから、名前はよく知られているようだが、といって翻訳されたのは、この短編しかない。最近作は昨年五月に出た長編「ウィリアム・ポスターズの死」であるが、イギリスのある批評家は、さしずめジョン・ブレインあたりに読ませたい、彼にとっていい勉強になるだろう、といったものだ。

「屑屋の娘」には、短い話が三つと、たっぷり楽しめる長さの短編が四つ入っているが、なかでも長いほうの「屑屋の娘」と「放火魔」と「魔法の箱」の三編は、この批評家がいった言葉がなるほどと思うくらい感心した。ほかの四編は、シリトーが得意とするノッティンガム地方の田舎弁がさかんに入りこんでくるので読みにくいし、そう面白いとは思わなかった。

たとえば「屑屋の娘」では、チーズ工場の倉庫係が間違って余計に発送された大樽一個を仲間と処分してしまうのが話のきっかけで、このときはネズミが最初に飛びつくチーズ樽が一番おいしいだろうと頭をはたらかした。それから若いころ、やたらにコソ泥をやった思い出になるが、偶然会った金持ちの屑屋の娘が、いっしょに行動したいといいだし、二人は毎晩のように盗むことに快感をおぼえるようになる。

「放火魔」はマッチを盗んでは新聞に火をつけるのがすきな子供の話で、ある日のこと森の中でやったのが山火事になり、消防車が四台走っていくのを見て興奮してしまうまで、最初からずうっと火をつけることばかりしか書いていないのには驚いた。やがて戦争になって空襲を受けだすと、その真っ赤な空を見たり何十台もの消防車が出動していく音を聞いたりして、すっかりいい気持ちになっていくのだ。

「屑屋の娘」の泥棒は最後にトチってしまうが、この子供は十四歳で会計員になると、ソロバンのほうが面白くなって火をつけるのは忘れてしまう。こうしたユーモアもうまいが、偏執狂の出しかたは、まったく印象的だった。

アイザック・バシェヴィス・シンガー「馬鹿のギンペル」

愛読者の一人にヘンリー・ミラーもいるユダヤ作家アイザック・バシェヴィス・シンガーの短編が、

いからである。

最近はアメリカの一般雑誌にもよく掲載されるようになった。こんなに人気が出てきたのは、ユダヤ作家独特の黒いユーモアと倒錯したエロティシズム、それをけしかける悪魔があらわれたりして面白いからである。

一九五三年のことだったが、イディッシュ語で書かれた短編「馬鹿のギンペル」をソール・ベロウが英訳し、パーティザン・レヴュー誌の五・六月合併号に掲載されたときが、この作者と英語読者との最初の接触となった。

パン屋のギンペルは、小学校のころから馬鹿呼ばわりされるほど間抜けだったが、女房からも馬鹿にされ、結婚した晩から一緒に寝かしてもらえず、ときどき寝室をのぞくと、いつも違った男が寝ていた。こうして六人の子供ができると、そのたびに自分の子供だとごまかされていたが、女房は死ぬまぎわになって、はじめて嘘をついていたと白状しながら笑って目を閉じた。

こうしたあとで、ある日、パンを焼こうとしていると悪魔があらわれ、メリケン粉を小便で練って復讐しろといわれる。誘惑に負けたギンペルが、いわれたとおりのパンを焼きあげたとき、死んだ女房があらわれ、何をやったか知っているよ、といって叱りつけられたという話。

この有名な短編のあとで、詩人アイザック・ローゼンフェルドほか十名以上のユダヤ作家が英語には適当な訳語がないイディッシュ語を苦心して訳し、六百ページの大作「モスカット一家」ほか長編三作、短編集三冊を読者に提供した。このうちペーパーバックになったのが四冊あるが、とくに短編集「馬鹿のギンペル」が面白い。

ある冬の夜、レイブスという大工がカンナ屑を袋にいれ、兄の家に放火しに行く「火」という短編が入っている。散々にいじめられた腹いせだが、そばへ行くと先回りした者がいて炎々と燃えていた。放火犯にされたレイブスは『燃えるような怒り』という表現があるので自分かもしれないと考えはじめるのだが、こんな話をいくつか読んでいるとヴァリエーションのうまさに感心しないではいられなくなる。

クラーク・シプレー「階下の男」

クラーク・シプレーというオハイオ州生まれの新人にシグネット・ブックスが目をつけ、未発表の処女作を三月の新刊として紹介した。こういうケースはペーパーバックスでは珍しいので、洋書店で手にとってみると読みたくなってくる。どんな顔の新人だかは写真が出てないので分からないし、年齢も不明だが、内容は表紙デザインから想像するとハードボイルド派のセクシー小説のようだ。成長の危機に直面したブライアンという十四歳の少年が主人公だが、じつは想像してたのとは、まるで違っていた。それに一日半くらいで読めると思ったのが、てんではかどらない。ゆっくり読まないぶんには何がなんだか分からなくなってしまう作風だった。

「階下の男」というのはアパート暮らしをしている五十がらみのアイルランド人で、いつも酔っぱらっているので評判がとても悪い。これがブライアンの父親で、母親は死んでしまったし、叔母がいっしょに暮らしている。貧乏世帯なのでブライアンは手間仕事をしなければならない。その金もおやじの酒代になった。そんなとき階上の部屋に新婚夫婦が引越してくる。少年は二人にかわいがられるが、これをブチこわすようなことまで飲んだくれの父親はするのだった。

こう書くとホーム・ドラマめくが、そんなムードはない。それと意外なことには、このオハイオ州生まれの作家にはアイルランド人の血が濃厚だとみえ、アメリカ作家らしいところがなく、アイルランドの小説でも読んでいるようだった。その文章がまたやたらと息がながくて癖があり、少年の精神をいためつける飲んだくれの父親の醜態ぶりと、滑稽な奇行を描くのに力をこめているので読みとおすのに五日もかかったほど骨が折れた。たぶんイカモノではなく、こっちの理解力が不足しているんだろう。それにしても変てこな作品だった。

スーザン・ソンタグ「恩恵者」

ニューヨークで生まれたスーザン・ソンタグは、英仏に留学して哲学を専攻し、現在はコロムビア大学の哲学講師であるが、最近は「パーティザン・レヴュー」誌でジュネの書評やアンチ・テアトルの劇評などをしているのが目立ち、去る一月に評論集「反解釈」を出した。写真で見ると、まだ若い女性だが、処女作として話題になった「恩恵者」を読んでみると、いかにも評論家らしいものを感じさせる。だが、フランス十九世紀小説の文体を使ったり、ゴーチェの「マドモアゼル・ド・モーパン」を思い浮かばせるあたり、ただの女ではなさそうだ。

パリに住むイポリットという六十一歳の老人が、若いころを思い出すのであるが、それがすべて夢に関係した出来事なのである。『夢を見るがゆえに、ぼくは存在する』というのが作品のテーマであり、それまで夢を見たことのないイポリットが、ある晩のことエロティックな夢を見たのが始まりで、その夢の意味をさぐりながら日常の行動とつながっていく。フロイト的な夢の分析だということにもなるが、ことさらそういった感じもしない。

このあたりの面白さだと思うが、どの夢も前衛映画をみているような感じをあたえ「二つの部屋の夢」「風変りなパーティの夢」「教会の屋根を突きぬけた夢」といった八種類の夢の場面がくわしく描かれ、その意味がつながったようになっていく。最初のあいだはホモセクシュアルな小説家がいっしょに夢の解釈をするが、パーティの夢で見た女が現実にフラウ・アンデルスとして存在しているのを発見すると、エロティックな夢を実行に移していく。とくにアラビアに旅行し、麻薬の味を覚えた彼女をアラビア商人に売っ払ってしまうところが印象にのこる。

このフラウ・アンデルスが全身傷だらけになって帰ってくると、イポリットは夢で見たとおりに殺してしまうが、ある日のこと生き返ってきて彼を悩ます。完全な夢というのはないので繰りかえされていくが、夢は行動としてあり、その行動をとおして自由が見出されるのだと考えているイポリットは人間にたいする作者のイメージなのだろう。面白い作品だと思った。

テリー・サザーン「怪船マジック・クリスチャン号」

アメリカ読書界の傾向として、まったくビックリしたのは、テリー・サザーンのオフ・ビート・エロティック小説「キャンディ」が去る十月からベストセラーズのトップになったことだった。彼の短編をいちはやくアメリカ読者に紹介したのは一九五五年七月号のハーパーズ・バザー誌だったが、当時パリで貧乏暮らしをしていた作者は、オリンピア・プレス主人のジロディアスに「キャンディ」の原稿をたった三百五十ドルで売り渡したものだった。それがいまでは、これから書こうという新作の手付金として、ランダム・ハウスが三万五千ドル払ったというのだから、十年間に百倍も値上りした作家ということになる。

オリンピア・プレスにはアクバル・デル・ピオンボという変てこな名前の作者で、気ちがい病院で起こるエロ騒動をかいたダダ的な「誰だいポーラを押したのは?」という小説があるが、どうやらこの男はテリー・サザーンらしいとぼくは当りをつけた。というのは四年前にペーパーバックで出た彼の処女作「閃光とピカピカ細工」(五八)が、皮膚科の病院で似たような事件が起こるという同じような味のものだからだ。

第二作「怪船マジック・クリスチャン号」(六〇)は、五十三歳になる独身の大富豪が一年に一千万ドルむだ使いしなければならなくなり、いろんなイタズラをはじめる。たとえば経営不振の映画館を買いとって封切館にするが、恋愛場面がエロ映画みたいになっている。キッスの場面になると、男の手がスカートの下に入っていくようなショットを撮影し、これを継ぎ足しておくのだった。

とおもうと大きなコンクリートの水槽をつくらせて広場のすみに置いておき、夜になってガスマスクをかぶると、ウンコと小便をトラックで運んでから流し込み、百ドル紙幣をバラまいておく。こういったイタズラすなわちプラクティカル・ジョークは、評判になった訳書「いたずらの天才」に面白いのが出てくるが、もっとどぎつい諷刺性をおびたのが沢山ここにある。

ハーヴェイ・スワドス「遺言書」

ハーヴェイ・スワドスは一九五五年の長編処女作「ローソクは消えた」で才能を高く評価されたアメリカ作家であり、ついで「どっちつかず」(五七)、「偽造貨幣」(五九)を発表したが、ペーパーバックで出るのは、この最新作「遺言書」がはじめてである。グッゲンハイム奨学金のおかげで仕事に没頭できたそうだが、むずかしいテーマと取り組みながら文体に気をつかっているので、読むほうではまったく骨が折れた。

大みそかに父親レオが死んだ。七日前に彼の兄マックスが死んだばかりである。マックスは独身でとおしたが、妻に先立たれたレオには三人の息子がいた。物語の中心人物は次男ラルフで、ニューヨークで映画の仕事をしているが、十年ほどまえに家出したまま父親の顔は見ていない。長男メルも家出したあとで放浪生活にはいり、悪事をしたため刑務所にぶち込まれた。三男レイは三年まえに屋根裏部屋に閉じこもったきり一歩も外に出ないという変り者である。

中西部らしい架空の小都会ハピー・バレーが舞台になり、薬剤師から身を起こした叔父と父親との遺産が、この三兄弟、とくに金銭欲のとりこになった次男ラルフに大きく影響するが、かんじんの遺言書が出てこない。

こうしてアイリス・マードックの「イタリアの女」やサルトルの「アルトナの幽閉者」やジョン・ファウルズの「コレクター」を順序に連想させるといった奇妙な展開をしめし、ついでギリシア悲劇的な様相をおびはじめるというのは、遺言書さがしのため帰れなくなったラルフが婚約者キティを呼びよせて情事にふけりだしたところ、調理場の戸棚に隠してあった遺言書を発見したのはキティだった。それには相続人に三男レイが指名してあったが、突如あらわれた脱獄囚の長男メルが自分の権利を主張し、最後には税務署の役人が持っていってしまうというわけで、滞納が死者の復讐だった。

このような挫折が、いままでもスワドスの作品のテーマになっていたが、寓話形式にするのは困難な仕事だと思った。

カート・ヴォネガット・ジュニア「神はローズウォーター氏を祝福する、あるいは豚に真珠」

ヴォネガットという変な名前のアメリカ作家は、一九四〇年代のはじめから最初はコリアーズ、ついでサタデー・イヴニング・ポストというふうに週刊誌向き短編をやたらと書きまくってきたので、と

Kurt Vonnegut Jr.
牛

もすると二流あつかいにされがちだったが最近になって評価がガラリと変り、グレアム・グリーンやコンラッド・エイキンあたりが最も面白いアメリカ作家の一人だといいだした。それを証明するのが、この「ローズウォーター氏」（邦訳「ローズウォーターさん、あなたに神のお恵みを」）である。

彼の長編は初版本の古本値段があがりだしている「プレイヤー・ピアノ」（五二）ほか「タイタンの妖女」「猫のゆりかご」など普通のSFだと勘ちがいされたアメリカ文明のサタイアだった。「プレイヤー・ピアノ」なんか読みにくいからサタイアだということはアメリカ人にも分からなかったらしい。

それが「ローズウォーター氏」ではブラック・ユーモアとなり、イヨネスコとは違う純アメリカ的な非条理の世界に入りこむことになった。ベルリン空襲時に独軍が使った世界最大のサイレンを消防署の屋根に据えつけ、六マイル先の犬が驚いてグルグル回りするような音を出して喜ぶのがローズウォーター氏である。そのうえ八十七冊ものエロ本を書いた男に大金をやったり、終身刑の殺人犯人を釈放させたりし、もっぱら社会的に役に立たなくなった連中に金をバラまくのが好きだときている。『お前はコミュニストなのか？』と訊かれたとき『おれは政府だ』と答えた。

この男はアメリカで十四番目の富豪で、ハーヴァードの優等生だったが、二十九歳のとき頭がおかしくなり、それ以前から三五〇万ドルの銀行利子が入るローズウォーター財団の会長をしていたが、四十六歳になる現在でも利子の無駄使いばかりしているので、会長を辞めさせようということになるが、じつは最も健全な精神の持主だというわけで最後には勝つのである。

この種の作品ではテリー・サザーンの「怪船マジック・クリスチャン号」が面白かったが、それを上回ることになったのは、アブストラクトなものによる感動という新しいものがあるからだろう。こんなにもオリジナルな作家がアメリカには隠れていたのだ。

E・L・ウォーラント「質屋」

一九六二年の暮に三十六歳で死んだユダヤ人のアメリカ作家エドワード・ウォーラントには、去る三月に出版された最後の小説「門前の子供たち」をふくめて四作品しかないが、最近になって評価がたかまりだしている。ソール・ベロウやバーナード・マラマッドに比較されているのだが、三十四歳のときの処女作で、妻を失ったユダヤ人の鉛管工を描いた「人間的季節」(六〇)につぐ第二作「質屋」(六一)が、やはり一番いいということになった。

ハーレムにある黒人相手の質屋の主人ナザーマンは、もとはポーランドで大学教師をしていたが、ユダヤ人であるためナチ強制収容所にいれられ、やっと生き残った。なぜ質屋になりさがったかというと、同情したら成りたたない商売だからで、四十五歳になる彼は、こうして人間を見くだす以外に生きていく興味はなくなっている。

夏の朝はやく店を開けると、すぐ質入れにやってくる客たちの光景ではじまり、質草にたいしては客がいう半分ぐらいの値打ちしかみとめない質屋根性が、ナチ収容所におけるサディズムとむすびついてくる。これが一カ月ちかく繰りかえされ、百人ちかくの客が出入りしながら、質草の種類と値ぶみをいちいち書いていくあたり、ユダヤ作家独特のねばりをみせていて面白い。

出ていく金をうめてくれるのはギャングの親分だが、それは私娼窟からの上りだった。このことが急に彼を苦しめる局面へと発展し、やがて人間性を回復させることになる。目下、シドニー・ルメット監督が映画化中であるが、見ごたえのあるものになりそうだ。

キース・ウォーターハウス「ジュブ」

キース・ウォーターハウスは報道記者あがりのイギリス作家で本年三十六歳になる。処女作「幸福な土地がある」(五七)についで「ビリー・ライアー」(五九)を書いた三十歳のとき新人として大変な評判になり、批評家は彼を〈怒れる若者たち〉の一人に加えた。それから四年目の作品が「ジュブ」(六三)なのだが、ひさしぶりに書いた第三作の評判がまたいい。

それでこのペーパーバックが出ると飛びついたが、だいたい〈怒れる若者たち〉の作風には乗りにくいトーンがあるので、ゆっくり読まないと滑ってしまう。これは三十六歳のイギリス風な痴漢の行状記で、セックスのはけ口が抑圧されているイギリス社会では、なるほどこんな秘密の快楽にふけるしかないのかと思うと、日本人として同情したくなるくらいまだるっこしいところがある。それが乗りにくいトーンとかち合うので、やや期待外れの感じがしたが、三分の二までやっと進んだとき、頭をガーンとやられるほど凄い効果に見舞われ、それからはもう動けなくなった。

痴漢ジュブの夢は世界最高のエロ街であるハンブルクのレーパーバーンで一週間遊びたいことだった。ロンドンから三十マイル離れた新開地の居住人で、職業はブローカー屋の家賃集金係である。女房は実家へ帰ってしまった。いや気がさしたのは手紙をとおして漠然としかわからないが、ジュブは夜になると町をブラつき、どこかの家で裸になっている女を覗くという悪趣味がある。ほんとうのエロ本は持ってないがプレイボーイ式なイギリス雑誌は山ほど集めた。彼はまた文化センターの委員でカメラ・クラブを組織しようとするが、目的はヌード写真の撮影だった。

おまけに怒りだすと放火する癖がある。痴漢の正体がバレてセンターの委員たちに殴られたうえ、解剖しちゃおうという掛け声と同時にズボンをはがされるが、このときみんなは呆れたように『なんだい六つの子供みたいじゃないか』『六十のじいさんみたいだな』と叫ぶ。侮辱されたジュブは、このあとでセンターに放火してからハンブルクへ向かうのだが、このあたりは素晴らしいから一読をおすすめしたい。

ヒラリー・ウォー「愛人よ、とわに眠れ」

夜の十時ころだったが、仕事の息抜きにページをめくっていたところ、うまく乗せられてしまい読み終ったのが朝の七時だった。ヒラリー・ウォーの推理小説は初期のが一編と近作二編が訳されているし、これは六年前の作品だから、いまさら紹介するのもおかしいと思ったが、あきらめきれない。

掘出し物として推薦することにしよう。

この作家はコネティカット州のどこかで起こった殺人事件を警察が解決するという平凡なプロットをいつも繰りかえし使っている。ジュリアン・シモンズが社会性をもった最初の重要な推理小説として褒めた「失踪当時の服装は」(五二)では、ほんの一歩だけ警察の推理が読者の推理より先行していく。そのため事件が現実性をおびだすが、ジワジワした緊張感だけでショックは生まれてこない。真面目な作家だが利口ではないような気がした。

ところが「愛人よ、とわに眠れ」(邦訳「ながい眠り」)では、殺された女と犯人の両方が、いったい誰だかわからないという奇手を使い、さらに効果的にするため姦通の場面をプロローグにした。いや気がさした女を殺してしまおうと男が決心するベッド・シーンだが、あとで首と手のない女の死体が発見されると、この女だろうというサスペンスが生まれ、行方をくらました男の顔に見覚えがある者が二人しかいないことで、二重のサスペンスとなってくる。

ちがう土地から来た女を殺した貸家。そこへ案内したブローカーと近所の御用聞きが一回だけ犯人の顔を見た。面白くなりだすのは、ふつうの推理小説では数えるほどの失敗ですむのがここでは二十回ちかく繰りかえされるからで、最後にはブローカーが毎日のように喫茶店にネバって通行人を物色する。それでも発見できないというようにあらゆる可能性が片っ端から消えていくと、なんだか実存主義的なムードがただよいだすのであって、そういう印象をうけた推理小説は、いままでになかった。

デル・ブックでウールリッチ、アンブラーなど七作家の旧作七編を選んで最近出版したなかの一冊である。

ジョン・A・ウィリアムズ「夜の歌」

ジェームズ・ボールドウィンにつぐ黒人作家では誰が一番いいのだろうか。それはジョン・A・ウィリアムズだという評判なので、処女作「夜の歌」(一九六一)が去る十一月にペーパーバックで出たのでこいつはいいと読んでみると、主人公がインテリ白人で、黒人に同情される。ヒラリーという男で、妻が自動車事故で死んでから酒に溺れ学校の教師もやめてしまったからだ。

物語はハーレムの質屋から始まる。形見の金指輪を質にいれたヒラリーは、そこで顔を合わした黒人に往来で肩をたたかれ、それから二人して梯子酒になったあげく、翌朝になって目をさましたのが相手の部屋だった。この黒人は「イーグル」と呼ばれている天才的なアルト・サックス奏者(チャーリー・パーカーがモデル)であるが、麻薬のやりすぎで往年の人気はなくなった。それを心配しているのがジャズ屋の溜り場になっているコーヒーハウスの主人キールで、デラという白人女性がこの黒人に惚れていた。

ジャズの世界はよく描けているが、メロドラマくさいのが気になりながら半分ばかり読みすすんだときである。おもわず坐りなおしたくらい急に局面が緊張しはじめたのであった。というのは黒人の世界に入りこんだヒラリーが、コーヒーハウスの手伝いをしているうちに人間らしさを取り戻したというのに、あたらしい教師の口が見つかったとたん、ふたたび白人としての優越感にかられるという逆転の効果がすぐれていたからである。ところがデラを自分のものにしようとした彼は、予期しない行動に出た彼女によって優越感を踏みにじられてしまうのだった。

黒人作家が白人を主人公にして苦しませたのは、この作品が最初だろう。

コールダー・ウィリンガム「永劫の火」

コールダー・ウィリンガムは本年四十歳になるが、南部の士官学校を暴露した二十五歳のときの処女作「男らしく死ね」(一九四七)でアメリカ小説界のアンファン・テリブルだと言われた。第二作「ジェラルディン・ブラッドショー」(五〇)も、その名に恥じない風変りなエロティック文学の傑作で、午後四時から朝の三時までかかって、いっしょに寝ようとはしない女の気持ちを変えてしまう強引な青年の物語であるが、こうなるとフランスのエロティック作家もかなわないと思ったものである。

「永劫の火」では十五歳のときから十年間に六百三人の女をモノにしたハリーという青年のテクニックを、まったくヒヤリとする気持ちで目のまえに見せつけられることになる。小説としては単純なプロットで、南部育ちのシャイで金持ちの青年が純情な女教師と恋におちいるが、結婚するまでは渡すなと遺言状に書かれた莫大な財産に、後見人の判事が手をつけていたので、女教師の従兄にあたるハリーを呼びよせ、二人の結婚を妨害させようとたくらんだ。

これだけの話だが、じつにうまいヒネリをきかせ、六三〇ページのうち五〇〇ページはセックスへと描写の目を向けながら、それがありえないシチュエーションなのに、人間本能の深層部にぶつかっているためなのか、ふしぎなくらい真実性を帯びだす。これには驚かないではいられなかった。この作品が発表された昨年一月はニューヨークで新聞ストの真最中だったので、たいした話題にもならなかったが、年度末になって「ニューズウィーク」誌が一九六三年度におけるアメリカ文学の最大傑作はこれだと褒めあげたのである。とにかく驚くべき話術技巧で、ぼくは四日間というもの、眼がいたくなって一寝入りすると、また読みつづけ、最後のクライマックスでは、この野郎！　と叫びたくなった。最近のペーパーバックのうち大人の銷夏用としては、これがトップだと断言できる。

チャールズ・ライト「メッセンジャー・ボーイ」

洋書店で新着のペーパーバックを見わたしながら最近よく気がつくのは、表紙にジェームズ・ボールドウィンの讃辞を大きな活字で出すPR方法だが、カンのいい読者なら『ボールドウィンが褒めているんだからホモセクシュアルものだろう』と見当をつけるだろう。

とくにこの作品を読みだしてすこしすすむと、表紙に出ている三十一歳の黒人作家チャールズ・ライトの顔をいくども眺めないではいられなくなる。ブラックでも色が薄いほうの黒人青年で、ロックフェラー・センターのメッセンジャー・ボーイをしているが、昼間の仕事がすんで夜になるとホモセクシュアルの世界が展開されはじめ、そういうのが黒人のゲイ・ボーイなのかと薄気味わるくなるからだ。

　また黒人作家がこういうスタイルのものを書くようになったかと考えさせる点でも、ちょっと面白いもので、女みたいな神経で書かれた短い場面が、かぞえてみると四十七あって、それらは五分か十分間で読めてしまうが、たいていの場面で妙に息づかいが激しくなるような瞬間があり、それが繰りかえされる効果には、この処女作が筋をもたないために小説としてゼロに近いとしても、ふしぎな印象をあたえるものがある。

　なかでもセクシュアルな場面の描写は、映画のすぐれたワン・ショットのように、すぐに消えてしまうが思わずドキリとさせる。チャーリーが歩いているとき車に乗った夫婦づれに呼びとめられ、いっしょになって郊外のほうへ走って行くと、夫は泣いている妻を満足させるようにチャーリーに命令する。おなじように不能になった黒人が、パーティの夜の寝室で、抱いていた女をチャーリーにまかせたりする。夜になってからエンパイア・ビル付近で、どんなことが起こるか。黒人女が大きな男と何かやっている光景には、まったくドキリとした。

　それなのに非常に美しい作品だとボールドウィンがいっているのは、けっして嘘ではない。

3

アメリカ文学のたのしみ

なぜ十九世紀アメリカ文学が読みたくなるのだろう

アメリカ文学を研究する人たちの場合は、文学史の線にそいながら、コツコツと昔の作品を系統的に読まなければならないが、ぼくたち一般読者のばあいは、それとはちがった動機で、なにか特別な作品が急に読みたくなってくるものだ。たとえば最近のフランス短編映画に「ふくろうの河」という南北戦争の一插話をあつかった傑作があったが、これはアンブローズ・ビアースの短編を映画化したものであり、これを見た若い映画ファンが、あとで原作が読みたくなったといった。

これはほんの一例だが、なぜアメリカの短編小説が十九世紀にまでさかのぼって読みたくなるのだろうか、といったふうに、すこし問題をひろげて考えてみることにしよう。するとこれは、ぼくたち一般読者にとって、かなり主観的な問題になってくることに気がつく。それでまず最初、ぼく自身がそうなった気持について、もうかなり古くなったことから思いださなければならなくなった。

それは一九三〇年代のはじめで、親のすねをかじりながら勉強ができた学生時代のことだったが、当時は丸善のほか、神保町の三省堂に新しい洋書がよく入ってきた。とくに三省堂の店さきには、タウフニッツ・エディションという白いペーパー・カヴァーの文庫本がたくさんならんでいて、ちょうどそのころ帯封というやつが、はじめて工夫されたんだろうと思うが、ある日のこと、新入荷したタウフニッツ・エデションの表紙の活字が急に太いゴチック体になり、おまけに黄色い帯封がしてあったので、それがとてもフレッシュな感じをあたえ、目がはなせなくなってしまった。そうしてそのとき『おや、アーネスト・ヘミングウェイっていう新人が出てきたんだなあ』とつぶやいたのである。

とにかくゴチック体なんか本の表紙にまだ使ってなかったし、それに「武器よさらば」という英語の響きがいっしょになって、なにかこう強烈にうったえかけてきたので、買わないではいられなくなった。たしか九十銭だったような気がするが、買ったときはホッとしたし、それから読みだしたところ、いまでいうならハードボイルド・スタイルみたいなものに、はじめてぶつかったので、すっかりビックリしてしまった。これは友だちに見せなければならない。そう考えて遊びにいったのが、いま毎日新聞社の出版局長をしている狩野近雄さんの家だった。

それからしばらくして、こんどはアースキン・コールドウェルの「神のちいさな土地」のイギリス版をみつけ、これを読んだときはヘミングウェイよりも感心してしまった。じつは英語の力なんかそうないのだが、いままで読んだことのない味の文章というものが、ふしぎとよく判ったのである。そんなところにアメリカ文学の魅力があるんじゃないかとも思うのだが、とにかくひとりでゴキゲンになり、おもしろい個所はくりかえして読んだので暗記してしまった。

このころのことで思いだすのは、毎年一回出るエドワード・オブライエン編集の「アメリカ短編小説傑作集」を揃えてみたくなったことで、たいした冊数にはならなかったが、これをあつめるのに一時ほとんど夢中になった。というのは、この本がアメリカ文学の新しい方向へと手さぐりしていくのに、いちばん役にたったからで、付録になっている作家の経歴をはじめとし、いろいろな雑誌に出た一年間のめぼしい短編小説を全部リストにしたうえで採点を加えてあるなど、なかなかいい参考資料になった。たとえばポール・ホーガンという作家に、この短編傑作集でなじむようになると、この人の単行本をあつめるのが楽しみになったりした。

それで戦争がはじまったころ、エドワード・オブライエンが死んだのを知ったときは、じぶんが教わった先生がいなくなったようにガッカリしたものだ。こんなことから彼の著書「アメリカ短編小説の進歩」と「機械の踊り」も読むようになったが、この二冊の本は、当時としてはアメリカの短編小説をテクニックのうえから研究した珍しいものだったし、とくに最初の本でスティヴン・クレーンが非常な影響をおよぼしたことを力説しているあたり、なるほどそうなのかと思いながら、なかでも「オープン・ボート」という短編における主観描写の見事さを賞めているのにぶつかると、この作品が読みたくてたまらなくなった。

暇さえあれば洋書をさがし歩いていたが、この「オープン・ボート」がはいった短編集が、なかなか見つからなかったのを思いだす。見つけたのは六本木あたりの古本屋で、外人が売ったイギリス版だった。当時は在日イギリス人に本を読むのがすきな人がおおく、いまいるアメリカ人よりは読書レヴェルがずっとすすんでいたので、面白い本を古本屋でたくさん発見することができたが、アメリカの作家のものがイギリス版で見つかることがおおく、ぼくが最初に読んだスコット・フィッツジェラルドの小説は、みんなイギリス版だった。

話がそれたが、こうして「オープン・ボート」を読むことができたというわけで、やさしい文章だなという第一印象をうけたあとで、やっぱり感心した。漂流しているボートから海岸のほうを眺めると、波のうねりで遠くの景色が見えたり見えなくなったりする。そういったイメージが、まるで映画を見ているようにクッキリしてくるので、このときは真似をした文章が書きたくなった。このあとで「勇者の赤いバッジ」を読んだものだが、想像力をたよりに南北戦争を書き、その戦争場面が真に迫っているという予備知識があったことが、この作品に近づきやすくした。

こういった気持には、「ふくろうの河」という映画を見てアンブローズ・ビアースの原作を読みたくなった気持と、どこか共通点があるにちがいない。映画としての「ふくろうの河」は、詩のようにうつくしい流れのなかに冷たい残酷さを光らせた実験的な演出のありかたに特色があったが、なんといってもビアースという作家がものをいっていた。そのため映画で成功した詩的ムードといったようなものが、ビアースの文章ではどう表現されているのだろうか、ということが原作を読みたいという気持にさせたのだ。そしてこんなところに『なぜ十九世紀のアメリカ短編小説が読みたくなるのだろうか』という気持とのむすびつきが発見できるのであって、ぼくがヘミングウェイからコールドウェルへ、そしてスコット・フィッツジェラルドやポール・ホーガンからスティヴン・クレーンへと向かっていったのも、その根本動機は、アメリカ文学に独特な文章そのものの味だったのである。だいたい外国文学にひかれるのは、なんといっても文章そのものの味であろう。これは文学鑑賞にあたっての初歩の段階にすぎないだろうが、表現技巧になじまないぶんには、その奥にあるものがピンとこない。こういった初歩の段階というか、表現技巧になじませるようにさせたのがアメリカ文学のなかの短編小説であって、なじむということが面白かったから、それでしだいに昔のものにまで手をだすようになった。

つまり言葉のもつ魅力から知らないあいだに小説を読むのがすきになっていったのだが、さっきポール・ホーガンの名をもちだしたことから、もうひとつ思いだすことがある。この作家はニュー・メキシコを舞台にした小説を書いていた。最近は高速道路が発展したために州の境界はあってもないのと同じになり、その結果、たとえば南部の文学と呼ぶことはあっても、地方的に区別をつけ、もっとこまかい枠のなかに作家をあてはめるということがなくなった。だがポール・ホーガン以前にあっては、たいていの作家が地方別にあつかわれていたのである。つまり地方主義文学が、リアリズム時代にはいった一八七〇年のころから顕著になりだしたのであるが、たとえば中西部を舞台にしたハムリン・ガーランドのように、こういった系統にはいる重要な作家たちが、ついに日本には紹介されないままになっていた。

たとえばピュリッツアー賞作家であるコンラッド・リクターの小説が、すこしも紹介されないのは、そういった地方主義的なカラーが濃厚であり、ひとくちにいえば食いつきにくいからであるが、まえに書いたようにアメリカ文学がもつ独特なタッチに引きずられて、知らない作家のものを読んでいくうちに、ポール・ホーガンのニュー・メキシコにぶつかったのであって、そういったときにハムリン・ガーランドのものが読みたくなったのであった。

ぼくは当時やはり古本屋で「中部国境の息子」と「中部国境の娘」をさがしあてたが、さすがに手に負えなかった。それで最近また試してみたくなり、この作家のものをさがして歩いたが、やっとのことで見つけたのは「街道の人たち」の一冊だけだった。それから戦後アメリカで出版された短編集を幾冊も調べてみたが、十九世紀の作家になると、ごく有名な作品は別として、ほとんどが洩れている。それで教科書に使っている「文学にあらわれたアメリカン・ライフ」という四冊本を買って、どうにか満足することができた。

アメリカ文学私観

1

数カ月前、パリの若い作家たちの間で、アメリカの作家ホレース・マッコイの「彼らは馬を射殺するではないか」They Shoot Horses Don't They?（邦訳「彼らは廃馬を撃つ」）という小説が非常に騒がれたことがある。この小説は一九三〇年代のニューヨークが背景となり、失職した一人の青年が自殺を決意し、最後の金でピストルを求めるところから書きだされ、ついで、この青年が同じように自殺を決意した一人の少女と偶然に会い、互いの気持を語りあった結果が、最後の運だめしに、マラソン・ダンスの競技会に一緒に出て、あわよく賞金が獲得できたら、新しい生活がはじまることもあるだろうと夢想しはじめる。このマラソン・ダンスというのは、十年ほど前、アメリカで、女のレスリング試合と同じように流行した見世物の一種で、男女の一組が大勢あつまり、昼夜をわかたず数日ぶっとおしで踊りぬき、最後まで残った組が賞金をとるという世紀末的な娯楽であった。小説の主人公はこの競技に応募する。そして、大勢の見物人に取り巻かれ、最後の運だめしを行なうのであるが、小説の大部分は、このマラソン・ダンスの情景描写でうずまっている。踊りながら意識を失って倒れる男女、控室で水を浴びて睡気をさまそうとする男女、弁当持参で見物している男女の群れが描かれているが二十四時間目となり、四十八時間が経過し、七十二時間目となるにしたがい、読んでいるほうでも、まったく厭な気持へとおちこんでしまう。ゲオルグ・カイザーの「朝から夜中まで」の六日間自動車競争の情景とか、ポール・モーランの「夜ひらく」に描かれてある情景を思いださせるが、それとも違った情感のない雰囲気である。踊りつづけている二人の主人公は、最後まで踊りぬこうとしている。三日目を越すと、大抵の組は参ってしまい、残って踊っている組は数組にすぎない。だが二人は、ステップだけは怪しげに踏みながらも睡魔と戦いつづけることは遂にできず、意識を失ってしまい、最後の賭に敗れる。そのあとで青年は、少女にせがまれるままに彼女をピストルで射殺し、自分は警察へ自首しに行く。そこで彼は『使えなくなった馬は殺してしまうではないか』といって彼自身の行為を弁護するのである。いまから十年ほど前に書かれた小説であって、私の手許にはすでにないが、物語が非常に単純だったせいか、いまでも記憶に残っている。

ホレース・マッコイという作家は、最近も新作を発表しているが、アメリカでは特に注目はされず、いままでの作品の数もすくないし、ハードボイルドの二流作家にとどまっているのであるが、彼が二十代の頃に書いたこの処女作が、十年後に、パリの若い作家のあいだで持てはやされたということはちょっと面白い。おなじくフランスの読書界で最近もっとも読まれたのはアルトゥール・ケストラーの「真昼の暗黒」Darkness At Noon であったが、こうした評判を利用してペンギン叢書などでは、最近この二冊を二十五セント本で再出版し、アメリカの読者に向かっても改めて呼びかけているほどである。パリのどこでいったいホレース・マッコイの小説が反響を巻き起こしたかと想像してみると、それはアメリカン・スイングを倣って独自なフランス・スイングを生みだしたため、すっかり人気を占めてしまったクラリネット吹きのクロード・リューテの率いるバンドが演奏しているカルチェ・ラタンの或る一角の地下にある薄暗くて殺風景で煙草のけむりが立ちこめているナイトクラブ〝クリュブ・デ・ロリアンテー〟などを巣にしている若い芸術家たちの間からまず始まったのであろう。この地下室には最近のパリ独特の雰囲気がただよい、サルトル、エリュアールなどもリューテの演奏ぶりを聴きに出かけたということである。戦争中に、フォークナー、ヘミングウェイ、ドス・パソス、サロイヤンなどのアメリカ文学がフランス文学に影響したことは、すでに何回となく繰返し言われてきたことであるが、サルトル、カミュ、ボーヴォワールなどにつぐ新しい世代の若い作家たちが、スタイルの上からでなく、作品そのものから直接に影響をうけるようになったこの一つの例は、アメリカ文学の側から見れば、自国文学の一大飛躍であるということにもなる。

しかし、アメリカ作家にとっては、マッコイの上記の小説がそんなにも評判になったことがかえっておかしく感じられるであろう。批評家もそういった口吻を洩らしているが、彼らにしてみれば、マラソン・ダンスなどは過去の風俗の遺物であり、この小説を読みかえしたところで何らのセンセーショナルな興味もさそわれまい。アメリカの小説にあらわれたセンセーショナリズムの傾向は、そのどぎつい技巧的なものを特色としながら、あとからあとからと傑作を逸れた大作を生んでいる状態で、彼ら自身もまた食傷している。フランスの読者はアメリカの小説を知らないのだと彼らは考えるであろう。

たとえば彼らはこういうかもしれない。

――ノーマン・メイラーの「裸者と死者」The Naked and the Dead を君たちは読んだのだろうか。五月頃からずっとベストセラーズの最高位を占め、十三万部以上売れているが、トルストイの「戦争と平和」にも比べていいこの傑作を二十五歳の青年が書いたことを知ったら、君たちはどう思うだろうか。これが本当のアメリカの小説なんだがね――

この小説は、玩具の楽器オカリナのような格好をした、日本軍が占拠中の太平洋上の一孤島をアメリカ軍が奪取しようとする間に、この島に上陸した一中隊員の各自の心理に去来する妄念を分析しながら、客観的に戦争の姿の細部描写を試みた七百ページ以上の野心作だといっていいであろう。自然主義派シオドア・ドライサーの流れを汲み、ドス・パソスのカメラ・アイ技巧にたよった力量感のこもった大作であるが、外国人にはなかなか喰いつけない言語感覚の特殊なニュアンスが、そのまま特色となっている。それで読みにくいが、戦争におもむき危地にさらされたアメリカ人の精神的虚脱とそれに対する必死な抵抗ぶりは、行間から自然と生れてきて、作者と読者を近づけ、登場する兵士たちの性格と心理は曲りなりにも理解できるし、アメリカの戦争文学がここまで来たことは批評家の註釈をまつまでもなく私たちにもじかに感じられる。そして戦後のアメリカ文学の主流が何よりもまず戦争文学によって形成されていることが、いろいろな作品を通して判ってくると同時に、最近のアメリカ文学を語るためには、厭でも応でも、このジャンルの小説にぶつかって行かねばならないことになってしまう。

ジョン・ハーシーの「アダノの鐘」は第二次大戦に取材したこの種の文学の初期代表作であった。ハリー・ブラウンの「白昼下の散歩」A Walk In the Sun, ビル・モールディンの「前戦にて」Up Front, ドイツ系作家ステファン・ハイムの「ほほえむ平和」Of Smiling Peace, エリオット・アーノルドの「明日は歌わん」Tomorrow Will Sing など数多くの作品が同系列のものとして挙げられる。いまになってよく読めば、これらは〝四つの自由〟を作品に塗りこめることによって、新人作家の文学的才能を示しただけのものとなっている。しかし、アレン・マシューズの「攻撃」The Assault, ピーター・バウマンの「染血の海浜」Beach Red, トマス・ヘッゲンの「ミスター・ロバーツ」Mr. Roberts, ゴア・ヴィダルの「ウィリウォウ」Williwaw におよぶと、戦争と個人の対立が真面目に追求され、さらにアルフレッド・ヘイスの「汝等のすべての征服」All Thy Conquests, ジョン・ホーン・バーンズの「廻廊」The Gallery, デーヴィッド・ダヴィッドスンの「険しい崖」The Steeper Cliff にいたると、より視野をひろげた客観性で戦争の姿が眺められはじめる。すべての作品が、戦争を体験した青年たちの偽らざる告白には相違ないのであるが、文学的才能にめぐまれたこれらの作家が、戦争をとおしての彼らの体験が失われない間に記録しようとする焦燥感があらゆる作品ににじみでている。こうして、ノーマン・メイラーの「裸者と死者」が生れて一つの決定打をうった。しかも、このあとにステファン・ハイムの「十字軍戦士」The Crusaders, アーウィン・ショウの「若き獅子たち」The Young Lions というパノラミックな視野から戦争を描いた一流作品が現われ、一九四八年度のアメリカ小説界は戦争文学の流行によって、またもや幕をとじたという感を深めるのである。

そうすると私たちは反問したくなる。

――戦争文学は、僕たちには、いささか縁が遠くなってきた。僕たちは、もっとアメリカ社会の現実相にふれた新しい作品から、学ぶべきものがあれば、それを学ぼうとしているのだが――

しかし、この種の一流作品がどれだけアメリカで生れていることであろう。私たちもアメリカ文学を前にして、パリの若い作家と同じように古い作品を持ちあげたり、とんでもない作品に喰いついたりしかねないのである。読もうと思えばアメリカの小説は古本屋にいくらも出ている。考えてみれば、二十世紀へはいってからのアメリカ小説は、その過半数が日本へも流れこんできた形跡があるのであって、前にあげた「彼らは馬を射殺するではないか」にしろ、これが出版された頃、日本へも来たのだし、偶然読んだ者もいるのである。だがこの本がたとえ古本屋の棚にみつかったところで、表紙はカビで変色しているだろうし、読む気も起こらないにちがいない。日本の小説のほうがこんなものより遙かに進歩している。だいたいアメリカの書物は風土と気候がちがうので、日本へ来るとすぐカビが生えてしまう。このほか、目方が重いことと装釘が倦きやすいことが外見上の特色であるが、内容的にみてもなぜか日本の読者の肌にあわない特徴がある。日本ではアメリカの歴史小説とか西部小説とかユーモア小説がいろいろな理由であまり好かれたことがなく、戦後に入ってから未知の作家のものが大分流れこんだが、これなども毛嫌いされているようなかたちで、読まれるものの大部分は戦前から名の通っている作家のものとか、興味本位の探偵小説にかぎられている。専門家はきっと抗議するであろうが、読まれていない作家はじつに多いのである。既成作家のうちでヘミングウェイは数年以上も作品を発表していないし、フォークナーは「墓場への闖入者」Intruder in the Dust でやっと沈黙をやぶったが、コールドウェルの「悲劇的な土地」につぐ「神のたしかな手」The Sure Hand of God と「この大地」This Very Earth は共に評判が悪いし、ドス・パソスは「ナンバー・ワン」Number One を書いたあとで「国民の状態」State of the Nation,「義務の旅行」Tour of Duty の紀行文集二冊を出しただけであり、結局はサロイヤンの近作やスタインベックの諸作に注意が向けられているが、実際においてどのくらい参考になるかちょっと疑問である。すると果して何が残されているだろう。既成の知識をたよりに手さぐりはじめると、ジェームズ・ファレルとかジョン・オハラとかジェームズ・ケインとかいう日本でもいくらか知られている作家にぶつかる。これらの中年期の作家は戦争の直接体験を味わっていない。すると、どんな眼で現代のアメリカ社会を眺めてきたのであろうか。ファレルは「バーナード・クレア」Barnard Clare,「エレン・ロジャース」Ellen Rogers ほか二冊の短編集を出し、オハラは「パイプ・ナイト」Pipe Night,「屑活字箱」Hellbox の二短編集を出し、ケインは「ミルドレッド・ピアース」Mildred Peares,「蝶」The Butterfly,「蛾」The Moth を出しているから、最近における作家的活動のうえでは他の作家にひけをとるまい。

ファレルの短編集では「紹介状」To Whom It May Concern というのが一番あたらしいが、このなかに「グレマー氏」Mr. Gremmer というスケッチがある。実業家から演劇プロデューサーになった男を書いたもので、アメリカ人のひとつのタイプである。つまらないかもしれないが、以下にこの短編のレジメをしるしてみよう。

――グレマー氏は神経質で禿げ頭の小柄な紳士である。彼は人間が持っている色いろな能力のうち、たった一つの能力を持っていた。それは株で儲ける才能である。彼の友人たちはその儲けるコツがどうしても分らなかった。景気がいいときも、わるいときも、彼は同じように株で儲けることができた。彼は二〇年代に或る靴会社の副社長をしていたが、新しい事業をはじめようとして、その会社から身をひき、持株全部を売りはらった。すると、それから二日して金融界の大恐慌が襲った。ついで両親が歿し、保険がかかった田舎の宏壮な邸宅が残された。グレマー氏は、この邸宅を売却したいと思ったが買手がつかなかった。すると火事があって燃えてしまい保険金が舞いこんだ。もともと株式市場に通じていた彼は、株の売買というものが、あらゆることのなかで最もロマンティックなものだと考えていた。しかし、いくらロマンティックであろうと、気性が合わなければ、うまくいくはずはない。またロマンティックであるためには、そのひとの気性が芸術的でなければならない。彼はこの芸術的気性の持主であり、それゆえ、株の売買は彼にとっての芸術であった。

グレマー氏は独身で通してきたが、人生をみる眼はちゃんと据っている。彼は人生というものは愉快であるべきだという信念を決して忘れなかった。この信念が、ついで彼を芝居畑に足を踏みこませることになった。

七年前のことである。彼はタイムズ・スクェアに事務所をもうけ、一枚の絨氈と事務机と、椅子を四脚買った。それから、カクテル・シェーカーとコップ一揃い、金庫と便箋と封筒とタイプライターを求めた。それから芝居にちょっとした経験のある秘書を雇った。こうして彼は演劇プロデューサーになった。

しかし、彼はいままでに芝居を一本も提供していない。脚本はできるだけ読んだが、上演したいものがなかったのである。そうかといってあらゆる脚本を読んだわけではない。そんなことは退屈きわまる。人生は短いのだし、退屈したら愉快にはなれないだろう。そこで脚本専門係を雇いいれた。この男は、あるとき、すばらしい脚本を持ち込んだ。しかし、それは暗い内容のものだった。陰気な芝居は大衆には好かれないだろうと考え、上演を見合わせた。彼は、それからというもの、ナイトクラブやレストランやショウに足しげく出入りし、彼が望むとおりの脚本が書けそうな作家を物色したが無駄に終った。こういうわけで、グレマー氏はプロデューサーとしての役目は果せなかったが、彼の初志が実を結ばなかったかというと決してそうではない。なぜなら彼は結構こうしながら愉快に暮して行かれたからである。

彼にとって人生を暗く考えるほど愚かしいことはない。精神的に害があるだけでなく、胃腸にも悪影響を及ぼす。人生を暗く考えている人たちは気の毒である。

グレマー氏は、人生の厄介な問題を解決した羨むべき人物である。彼はたえず幸福そうにみえる。そのうえ最近はますます株で儲けているようだ。そして、ブロードウェイの演劇シーズンが始まると、なおさら意気軒昂となって、いい脚本はないかと探しまわる。

しかし、彼が望むような脚本は相変らず見つからない。それでも彼は愛想をつかしたなどとは言わない。歎いたり悲しんだりすることは彼の主義に悖《もと》るからである。いつかは素晴らしい脚本が手にはいると信じている。この信念はなかなか動かせない。だが、たった一つ彼にも解決できない問題がある。それは生半可な急進主義者たちが何を考えて生きているかということである。なぜもっと愉快にできないのだろう。なぜ苦虫をかみつぶした顔をし、ユーモアさえも解さないのだろう。なぜ金を儲ける者を眼の仇にするのだろう。なぜ資本家に対抗するのだろう。もし、これらの疑問に答えてくれる者がいるなら、ニューヨークでいちばん贅沢なレストランへ連れていき、昼食を一緒にするのだが。そのあとで彼は世の中を暗く見るのは損だと改めて忠告するであろう。なぜならグレマー氏にとって、そうした見方をする人間は誰にかぎらず生半可な存在であり、彼にとって、そんな人たちは有るよりは無きにしかずだから。いずれにしろ世の中というものを知らなすぎる。人生を思いきり愉快に暮すたのしみを少しも知らない大馬鹿者なんだ——

このレジメにファレルの特長がすこしも出ていないといって怒られるかもしれない。この短編は、あるいは彼が気紛れの調子で書いたものでもあるだろう。しかし、ファレルがスタッブ・ロニガンやダニー・オニールやトミー・ギャラハーなどのシカゴの少年群を描くときの粘り強さや、「バーナード・クレア」で文学志望の一青年クレアがニューヨークへ出てから味わう絶望感を描くときの一本調子は、この短編でも原文の場合はちゃんと出ているのである。しかし、やはりカリカチュア的にすぎる嫌いもある。ファレルの場合にかぎらず、アメリカ作家の場合は、こうした傾向が多い。フレデリック・ウェークマンの「ハクスターズ」に登場する石鹸会社長もカリカチュア化されているが成功している。スタインベックの「気紛れバス」に出てくる人物もそういったふうに受けとれるし、ジェームズ・ケインの「ミルドレッド・ピアース」に出てくるミルドレッドの情夫もカリカチュアの人間といった気がする。ジョン・オハラの場合も「パイプ・ナイト」や「屑活字箱」に含まれた諸短編のあるものには同じような要素があるが、オハラの描く人物にはずっと暗い影が射していて、特に最近の作品になるとこれが薄気味わるい効果さえ与える。オハラは新しい作品をすべて短編の形式で、週刊誌ニューヨーカーに発表しているが、この雑誌は四、五年前からずっと真面目な調子を加え、アーウィン・ショウ、エドワード・ニューハウス、ウォルコット・ギブス、ジョン・チーヴァーなどが日常生活面に触れた特色ある短編を発表している。この雑誌は古本屋の店頭でよく見うけるし、手にはいりやすい点から言えば、アメリカ文学の標準を知るのに最も手頃なものかもしれない。

アメリカ文学を語るには、シンクレア・ルイスを採りあげ、「キングスブラッド・ロイヤル」を語り、あるいは黒人の血の混った白人の悲劇を、ホディング・カーターの「恐怖の風」とかリチャード・ライトの「ブラック・ボーイ」に結びつけて社会小説の傾向を調べ、歴史小説ではハワード・ファストやコステン、女流作家のマッカーシー、スタフォード、ウェストンなどを挙げるのが正統であろうが、ここではわざと「正統」を避けてみた。

2　アマチュア作家の位置

いまから三年ほどまえ、正確にいえば一九四五年十月三日のこと、アメリカの大都市や小都会にある目ぼしい書店の新刊書棚に、リピンコット社発行、ベティ・マクドナルド作「卵と私」という本が一斉に並べられた。カヴァー図案には山の中の養鶏場の絵が漫画風に描いてあり、裏表紙には、三十五、六歳ぐらいにみえる朗かな感じの作者のポートレートが出ていた。カヴァーをめくると、装釘は臙脂色《えんじ》のクロスで The Egg and I という題が黒い文字で不細工に刷ってあり、定価は二ドル七十五セントであった。その頃は本の売行きが非常によかった時代で、どんな本でも売れたが、出版社が思いきって十万ドルの宣伝費を投じた「卵と私」の売行きは驚くほどであった。三ヵ月目の十二月末にはベストセラーズのトップを占めた。それから翌年の十一月上旬までトップをつづけ、一年間に百万と四十五部を売りつくした。出版社のほうでも強気で最初から平均五万部ずつ刷り、同期間に二十一版を重ねた。アメリカの出版社では初版として五千部を刷るのが普通である。それから印税は、最初の二千五百部にたいして一割、同じ部数を増すごとに一割二分五厘となっている。つまり五千部売れれば出版社は採算がとれ、作家もどうにか暮せるのであるが、「卵と私」の印税をこの割合で計算してみると、三四三・五九四ドルという相当な数字が出て、原稿ブローカーが一割の手数料を持っていっても、三十万ドル以上がベティ・マクドナルドの手に残されたわけである。しかもなお一年間以上、この本の売行きは落ちず、折から現われたジョーシュア・リーブマンの「心の平和」Peace of Mind とベストセラーのトップを争ったほどであるから、最近までに百五十万部ぐらいは売れたことであろう。ベストセラーの売行きが止まると、ポケット・ブックなどの二十五セント本に姿を変え、デパートや駅の売店に現われるのが順序である。しかし「卵と私」はまだこうした廉価本になっていないところから考えると、三年後のいまになっても原本の需要は絶えないにちがいない。

これは一例であるが、アメリカの小説類になじみだすと、作品自体をはなれて、こうしたゴシップ趣味にとらわれやすい。欧州文学を鑑賞する場合とは自然とちがった態度になりはじめる。寝ながら読む。目がさめれば忘れている。二度読む気は起こらない。アメリカの長編小説になるとページを埋めるためにプロットが自然と複雑化してくるから、五日も六日もかかって読んでいたら、前後の事件は印象からバラバラになり、人物はゴチャゴチャになってしまう。かえって拾い読みの工夫をしながらアメリカ人が読むのと同じスピードでページを繰っていったほうが効果があるのである。これはどうかと思うが、アメリカ人は、それでいいんだ、と肯定するだろう。なぜなら「寝ながら読む物語」Bedside Stories とか「はしょった本」Digest Books という名称があるじゃないか、探偵小説などは寝つきの悪い者のために書かれた催眠剤みたいなものだよ、と物分りのいいアメリカ人は言ってくれるだろう。ベティ・マクドナルドの「卵と私」にしろ、とてもよく売れたから、とても面白いと早合点して一字一句丹念に読んでいくと、なんだこんなもの、まるで素人が書いたもんじゃないかと言いたくなる。しかし、それがまた偉がりの間違いであって、これが書かれた頃の社会状態を考え、通俗読物と大衆読者との関係、ひいては小説の社会的役割という問題になると、ばかにならないものが見出される。

「卵と私」に書かれていることは、人間が環境を変えた場合における順応性の記録である。鉱山技師を父親にした平凡な娘が十七歳の頃、一廻り年上の保険勧誘員と初恋に陥り、翌年結婚してシアトル市に世帯をかまえる。ところが二人が新婚旅行に出かけたカナダからの帰りに、農業学校出の良人は、養鶏場をつくって鶏を飼い卵を生ませて大量販売するほうが保険勧誘員みたいないつクビになるかも知れない職業よりはずっといい、じつは昔から養鶏場経営のことばかり夢みていたんだ、と妻に打ち明ける。これを聞いた善良な新妻は、子供の頃から幾度となく、女というものは結婚したら自分の幸福を犠牲にしても、良人がしたいと思うことをさせなければならない、それが妻としての義務なのだ、と母親から教えられていたので、つい良人のいいなりになる。折から新聞広告で、ワシントン州西北部オリンピック・マウンテンの麓に四十エーカーの家屋付き地所が四百五十ドルで売物に出ているのを知った二人は、千五百ドルの金を工面してそこへと運だめしに行くのである。それからは養鶏場経営中の細かい苦労が記されている。

すべてが作者の体験した記録であるから小説としてでなくノン・フィクションとして扱われた。単行本になる前にアトランティック・マンスリーに連載され、一冊の本になるとブック・クラブBOMCの五人の審査員はこれを推薦本にえらんで配本した。このことも「卵と私」をベストセラーにする重要なきっかけであった。しかし、もっと重要なことは、これが発表された時期である。雑誌に連載されていた頃は太平洋戦争がまだ終っていなかった。アメリカ人は日常生活に苦労ばかり重ねていた。当時のアメリカ社会のうごきについては、ジャック・グッドマン編「君たちがいなかった間に」While You Were Gone という本に収められたポール・ギャリコの「われわれは何を話し合ったか」What We Talked About などの記録を読むとよく判るが、タバコや砂糖や肉類は配給量がきまってしまい、住宅は払底した。だから「卵と私」に綴られたベティ・マクドナルドの体験談には誰もが身につまされるものがあった。そして作者の楽天的気性が、ともすれば不安に陥りがちな読者の気持を支えるうえで有効な役割を果したのである。これより二年まえ、フィラデルフィア・レコードの女流記者ルイズ・ピアースンの「粗い話し方で」Roughly Speaking という生活記録がベストセラーになったが、「卵と私」から感じられる女性的ユーモア味と、それを生かした男のような文章は、これと比較され、単なる甘い読物ではないと言われた。甘い読物といえばキャサリン・ウィンザーの「永遠のアンバー」Forever Amber やテイラー・コールドウェルの「この無邪気な世界」This Side of Innocence のような歴史ロマン物が、また甘くない読物といえば、フランツ・ヴェルフェルの「ベルナデットの歌」The Song of Bernadette やロイド・C・ダグラスの「聖衣」The Robe のような歴史宗教小説がさかんに読まれていたのである。いずれも読者たちの趣味がエスケーピズムへと向かっていたので非常に読まれた。「卵と私」にもその名残りがあるが、現実生活とやわらかく結びついた一面もあった。単行本となったとき戦争は終っていた。人びとはホッと胸を撫でおろし明るい気分になりはじめた。この回復期の患者にふさわしい書物といえば、見廻したところ「卵と私」がいちばん滋養分にとんでいた。とくに女性読者に向いていた。それで二年以上のあいだ、驚くべき売行きを示したのである。

ベティ・マクドナルドは「卵と私」のあとで、もう一冊の本を書いている。それが昨年の秋に発表した「病気と私」The Plague and I で、やはり自分の体験をユーモアを混えて正直に記したものである。前作のなかでは、わざと書かなかったらしいが、彼女はやがて養鶏事業に厭気がさし、二十三歳の頃、良人と別れた。それから数年間、二児を抱えて独身生活を送り、政府関係の諸事業団体に仕事の口を見つけて暮していたが、三十歳のときに肺病に罹ってサナトリウム生活を余儀なくされた。その一年間の病院内の出来事が「病気と私」のなかに細かく綴られている。病院を背景にしたものでは二年ほどまえ、無名にちかい女流作家メアリ・ジェーン・ウォードが「蛇の穴」The Snake Pit という小説を書き、ブック・クラブBOMCの推薦書にも選ばれて評判になったことがある。これは非常に暗い作品で、記憶喪失症に陥った作者が精神病院で治療を受けた体験から書かれたものであるが、「病気と私」には、すこしも暗いところがない。最初の病室には他に三人の婦人患者が寝ている。アイリーンという映画館の案内係をしていた娘、ミンナという南部訛のひどいブロンド娘、それからキミという日本娘の三人であるが、とくにキミは教養もふかく性質も善良なので彼女の一番いい話相手になる。この二人の仲のよさは私たちが読んで非常にたのしい。ほかにも色いろな性質の患者が出てくるが、これらの患者をめぐって、看護婦や医師や見舞人などが細かに観察されている。よく十年まえのことを、これだけ覚えていたものだと読みながら感心するが、「卵と私」はそれよりも十年まえのことを書いたものであった。アメリカでは、平凡な生活を回顧し、それを正直な筆で書き綴りさえすれば一般読者に喜ばれるらしい。

こうした傾向の先鞭をつけたのが、クラレンス・デイの有名な「父との生活」Life with Father,「母との生活」Life with Mother であった。この男は大実業家の遺産を引き継いだが、事業に失敗し、そのうえカリエス病に罹った。その病床のなかで彼は少年時代のころの父親の思い出を断片的に綴った。彼が書いた文章は厭世的であったが、機知と皮肉に富み、中年期を越した教養人の持つ深みがあった。ちょうどそのころ、といえば一九二三年であったが、ハロルド・ロスという変った男が、イギリスの諷刺雑誌パンチを真似してニューヨーカーという週刊誌を創刊し、クラレンス・デイが書いた短い文章を数カ年にわたって断続的に掲載した。当時はほんの一部の人びとにしか作品の価値はみとめられなかったが、「父との生活」が単行本となり、作者が他界したあとで数冊の著書が出版されると、はじめてクラレンス・デイの真価が一般にみとめられるようになり、やがて劇化、上演されてアメリカ演劇史上の最大ヒットとなった。芝居のほうは、毒にも薬にもならないコメディ趣味と巧みな劇作術とで、クラレンス・デイ一家に一昔まえに起こったエピソードを描いているが、これが上演されはじめた戦争直前から、現実生活に疲れを感じはじめたアメリカ人は次第に過去の華かな黄金時代の夢を思いかえし、そこへと逃避する傾向があったので、「父との生活」を上演しているニューヨーク・エンパイア・シアターには続々と客が押しよせ、戦争中から戦後へかけてまで客足が絶えなかった。こうした社会情勢のなかで出版者たちが、どんなことを思いつき、生活に不自由を感じている二流、三流の小説家が、どんな作品を書こうとしたか、およその見当はたれにもついてくる。

最近でも五、六冊に一冊の割合で読まされるのであるが、アメリカの現代小説には、主人公が無意識の世界から意識の世界へ戻る寝起きのベッド・シーンの描写から書き出されているものが非常に多い。眼がさめるとキョロキョロとあたりを見廻し、ゆうべは何をしたかと考え、ベッドから起き上ると、うがいをしたり、シャツを着たりなどして、物語のいとぐちを見つけながら、行動へと移りはじめる。ジョン・オハラの「バターフィールド8」Butterfield 8 はその代表的なもので、泥酔した女主人公が二日酔いで眼をさますと見知らぬアパートに寝ていて、急に自己嫌悪におちいる。それから昨夜着ていたイヴニング・ドレスがまっすぐに引き裂かれているのに気がついて前夜の男との情事を思いだす。ダン・ウィッケンデンの「駈けていく鹿」The Running of the Deer は一青年の日記体になっていて、第一日はベッドの中で眼をさまし、部屋の中を見廻しながら、一晩中死んでいたんだと独語するところから始まる。ナタリー・アンダースン・スコットの「マーフィ夫人の物語」The Story of

Mrs. Murphy では、主人公の青年が悪夢のため身体中にびっしょり汗をかいて眼をさましながら、周囲を見廻し、一体どこにいるんだろう、といぶかる描写ではじめられている。こうした作品にぶつかるたびに、小説が書けないときは、まず主人公がベッドで眼をさましたところから書くにかぎると思うのであるが、これと同じようにアメリカの小説志望者は「父との生活」の後を追って、なんでもいい、自分たちが子供だったころの父親や母親の日常生活を作文のつもりで書けば出版者のほうでも喜んで引き受けるのだと考えるようになった。そうしてカスリン・フォーブスの「ママの銀行預金」Mama's Bank Account, ロバート・フォンティンの「幸福な時代」The Happy Time, フランク・レスリーの「心の中にシミがある」There's a Spot in My Heart, アリーン・ポーターの「パパは宣教師だった」Papa Was a Preacher などが生れたが、いずれも息子や娘や孫のためにダシに使われた父親や祖父の面徘が彷彿としているといった程度のものであろう。これがやがて自己中心主義となり、アメリカ式私小説の形となって「卵と私」や、ナンシー・フリードマンの「マイク夫人」にみられるような結婚時代の思い出へと話が落ちていく。

こうした駆出し作家とちがい、すでにいくつかの作品を書き、名前も売れている探偵小説作家が、しだいに小説の世界へはいっていこうとする傾向が最近とくに顕著である。最近になって探偵小説は不可解な事件の興味を追うよりはむしろ事件をわざとボカし、漠然とした雰囲気のなかで犯人とおぼしい人物が互いの肚の中を探り合って行くほうがハイ・ブラウな方法だと考えられるようになってきた。これが良いか悪いかとなると色いろな議論が出るが、本格派の旗頭であるエラリー・クイーンやレックス・スタウトですら「災厄の町」Calamity Town や「沈黙のスピーカー」The Silent Speaker で小説家になろうとしたり、社会批評家になろうとしたりしている。密室派として日本でもファンが多いカーター・ディクスンも「ブロンズ・ランプの呪い」The Curse of the Bronze Lamp,「死が我等を引き離すまで」Till Death Do Us Part,「わが死せる妻たち」My Late Wives,「眠るスフィンクス」The Sleeping Sphinx などの近作で、彼独特のトリックを活用するより、いかにしたら神秘的恋愛が描けるだろうかに努力しているようで、非常に面白い。なかでもローレンス・トリートの「流砂(クイックサンド)のQの字」Q as in Quicksand と、マーガレット・ミラーの「鉄の門」The Iron Gates は、探偵作家が小説の世界へ入っていこうと努力している点で最近での代表作品に挙げられるであろう。

しかし、探偵小説は、詩人W・H・オーデンも言っているように、二度繰り返して読まれるだけの価値はいかなる作品のなかにも含まれていないようだ。オーデンは彼自身が相当な探偵小説ファンであって、最近のハーパーズ・マガジンに「有罪の牧師館」The Guilty Vicarage という探偵小説論を書いているが、そのなかで彼はこのジャンルの読物がいちど馴染んだら中毒症を起こしやすい作用と読まないではいられない魅力をあたえる。しかし、どんなに興味に釣られても読んだあとではきれいに忘れている。このため探偵小説を芸術として受け入れることはできないが、逆にこの特性を分析してみると、小説芸術の本質が判ることになるかもしれないと言っている。「流砂のQの字」を読んでいるときは、平凡な探偵小説とはちがい、不思議な謎の世界に引き込まれ、読んだあとでも非常にたのしい。しかし細かい出来事となると、ほとんど忘れている。漠然と筋を思い返してみると、マーチンという四年ぶりで戦争から復員した男がニューヨークへ帰る途中、ニュー・イングランドの小都会で積雪のため汽車が立往生し、やむなく近所の酒場で時間をつぶすが、居合わせた飲み相手の口から、マーチンが四年前に友人の弁護士とこの小都会の往還をドライヴして通ったとき目撃した自動車事故の謎が未解決であり、そのとき死んだ男は土地の実業家であるが、一緒に死んだその息子と果してどっちが先に死んだか確認されないため、法律上の遺産問題が未だ落着していない、と知らされる。ふと疑念を抱いたマーチンは、それからニューヨークへ戻ると、死んだ息子の母親を訪れ、事件の目撃者にもう一人セールスマンがいたが、現場から紙入れが紛失していたのは、この男が盗んだのかもしれない、そうするには死体を動かさなければならないはずだ、すると息子が先に死んでいたという証言は誤りであったかもしれないし、自動車事故と遺産相続には何か故意に仕組んだものがあるようだと語り、真相を知りたい好奇心に駆られて、セールスマンの居所をつきとめようとする。こう記すといかにもばかばかしいが、場面の扱い方には今までの探偵小説には見られなかった小説的技巧が凝らされ、人物の性格もよく描かれていて、すでに数冊の探偵小説を書いて評判がよかったこの作家が、小説としても恥ずかしくない作品を書こうとしている野心がうかがわれる。もう一つの「鉄の門」は、ヘンリー・ジェームズの「ねじの廻転」以後イギリスでなかば完成されたサスペンス・ストーリーが、戦争中にアメリカの女流作家によってさかんに模倣され、夥しい作品を生んだが、このジャンルの読物としては最も磨きがかかったものである。ここでも汽車の衝突事故が物語のきっかけとなっていて、椿事の数時間後、現場付近に住んでいる或る医師の妻が急に得体の知れない恐怖に襲われはじめる。恐怖の原因は、見知らぬ老人が彼女に届けたボール箱の中味で、その箱を持ったまま医師の妻は憑かれたように家から飛び出し行方不明になる。あとで彼女が精神病院に運ばれたことが判明するが、同時にボール箱を届けた老人の溺死体が発見され、海岸に浮んでいたボール箱の中味を調べてみると拇指が一本はいっているきりである。これで何者かが医師の妻ルシールを故意に恐怖に陥れたにちがいないことになり、一方、医師の先妻ミルドレッドが十五年前に不思議な死を遂げたことが、これと関係していると推定される。或る夜、ルシールは精神病院から抜けだして自殺してしまう。残されたものはミルドレッドが死ぬ前に書き残した日記帳があるだけである。この日記帳から、事件の解決をまかせられた探偵が殺人の動機を研究していくというのが、この物語の輪郭でいかにも作意が目につくようだが、作意はあっても、心理的な扱いかたと不意打ちの効果には細かい工夫が凝らされ、この作家もまたサスペンス・ストーリーを小説として価値あるものにしようと努力しているのが感じられる。

この作家にしろ、「女たらし」Lady-Killer のエリザベス・サングゼイ・ホールディングにしろ、「ローラ」Laura のヴェラ・キャパリー、「疑われざるもの」Unsuspected のシャーロット・アームストロングにしろ、最近の通俗雑誌に発表しているものを見ると恋愛小説のほうが多い。この動機は、探偵小説は売れても六、七千部が限度であり、探偵作家として小説家なみの生活をするには、一年に四、五冊は書かねばならず、それよりは筆に自信もついてきたし、小説を書いたほうがましだという気持であろう。この種の作家では、ベイナード・ケンドリックスが「時の焔」The Flame of Time, メーベル・シーリーが「誇れる女」The Proud Woman, メアリ・ロバーツ・ラインハートが「窓の灯」The Light in the Window などの歴史小説や恋愛小説を発表し評判も悪くはなかったのである。サマーセット・モームは、小説家の生命は作品が本になって発売され、ついで売行きが止まってしまう三カ月間だと皮肉を言ったが、同じ小説でもピンからキリまであることはいつになっても変らないとみえる。

3　異常心理の作品ついて

昨年度のアメリカ小説界を回顧した批評家たちは戦後はじめて作品の質が戦前と同じ程度の水準にたっしたといっている。こうした声は一昨年あたりから聞かれていたが、比較されるのはいつも新人の作品であって、それも戦争体験者が書いたものが真面目な批評の対象にされた。なかでも一昨年六月にジョン・ホーン・バーンズの「回廊」The Gallery が出たときと、昨年五月にノーマン・メイラーの「裸者と死者」The Naked and the Dead が出たときは批評家の意見が期せずして一致し、ドス・パソスの「三人の兵士」Three Soldiers, ヘミングウェイの「武器よさらば」Farewell to Arms が出た第一次世界大戦後のアメリカ小説界に比較したのである。戦後の新人にたいする興味はこの一、二年前から次第に増してきているが、その第一の理由は、出版界が好景気の波に乗っていた矢先に用紙制限が撤廃されたため新人の世に出る機会が多くなったからである。しかし、その興味は好奇心から生れただけのものであって、思想的なものを求めるよりは、新人に文学的才能があるかないかを探しまわることに忙しかった。それが誰であったかというとブック・クラブであり、当時三十近くあったクラブのなかで一般読者層にもっとも影響力を持っていたBOMC（ブック・オブ・ザ・マンス・クラブ）が先鞭をつけた。

BOMCは過去二十二年間の活動にあって、無名あるいは無名にちかい作家を世界的に有名にしたことを誇っている。パール・バック、マーガレット・ミッチェル、ジョン・スタインベックの三人は

BOMCの力があったからこそ世界的作家になれたのだと今でも公言している。この公言がたたって、一九四六年には、ブック・クラブの功罪が槍玉にあげられジャーナリズム論壇を賑わした。これに対抗してBOMCが同年四月の推薦図書にえらんだのが、メアリ・ジェーン・ウォードの「蛇の穴」The Snake Pit とジム・コーベットの「クマオンの人喰虎」Man-eaters of Kumaon の二冊である。これを受け取ったBOMC会員はおそらく奇妙な気持でこの二冊を読んだことであろう。なぜなら一方は精神病院の記録であり、片方はインドの山奥で住民が虎に喰われる話をありのままに綴った面白くない話であったからである。

「蛇の穴」を書いたメアリ・J・ウォードという女流作家はイリノイ州で暮していた少女時代から作家生活を夢みていて、結婚後ニューヨークに移り住むと「蠟の林檎」The Wax Apple,「樹には根がある」The Tree Has Roots という二作を書いて出版した。しかし期待していた人気を得ることができず、過労と食欲不振がたたって、或る日のことベッドの上に倒れたまま意識不明となり記憶をすっかり喪失してジュナイパー・ヒルという精神病院に担ぎ込まれた。作者はそれから約六カ月目に正常意識を取り戻しはじめ次第にそれまでの出来事を思い出すことができるようになるが、意識はいまだに混沌としている。この混沌とした意識を利用しながら快癒するまでの経過を綴ったのが「蛇の穴」であり、小説の書き出しから分裂心理がそのまま文章によく出ているのがスタイルの特色である。

このころアメリカでは異常心理を扱った読物がおどろくほど歓迎されていた。イギリスのスリラー小説を模倣したサスペンス・ストーリーが氾濫したのは、この種の読物の特色が性格破産者を取りあげて謎の人物のように扱い、読者自身のなかにあるかもしれない類似の異常分子にはたらきかける点にあったからで、まったく健康体の人間であったらほとんどありえないことに思われ馬鹿ばかしくて読めないにちがいないのであるが、戦争中は健康体の人間がいなかったとみえる。この読書傾向に小説家のほうでも迎合し、まず最初はディプソマニアの苦しみを半ば記録風に書く試みがなされ、エリオット・ティンターの「九月の追想」September Remember, ジム・ビショップの「ガラスの松葉杖」The Glass Crutch を生んだが一九四四年に出たチャールズ・ジャックスンの「失われた週末」The Lost Weekend は最も有名となった。この成功が女ディプソマニアを扱ったルイス・ポールの「挫折」Breakdown, モルヒネ中毒者の体験を記したジェームズ・デイヴィスの「敗残者街」Skid Row のような追随者を出し、ついでラングストン・モフェットの「尾行する悪魔」Devil by the Tail, ナタリー・アンダースン・スコットの「マーフィ夫人の物語」The Story of Mrs. Murphy といった同種類の小説へと一種の流行になった。「蛇の穴」が評判になったのも、この時期に出たからで、これを推薦図書にえらんだブック・クラブBOMCの審査員たちの気持はおそらくスタイルの特色と女流作家の筆になる異色作品であることを売物にして当時ジャーナリズムから悪口ばかり叩かれていたBOMCの危機を脱しようと思ったのであろう。審査員たちは出版社ランダム・ハウスと合議して初版だけでも四十七万五千部刷ってしまった。これだけの部数を刷れば最初からベストセラーと変りがない。ベストセラーの肩書をもった書物は東京にいても一年以内には必ず神田あたりの古本屋で発見できる。この本などもすでに十冊ぐらい見たと思うが、面白いことに、どのコピーも精読された形跡はなかった。実際のところ最初の二、三十ページはヴァージニア・カニンガムという中年婦人が精神病院の病棟で不可解なモノローグばかり喋っているので好奇心に誘われるが、「蛇の穴」という題名も昔、気ちがいを正常人に戻すために蛇の穴へ放り込んだ伝説があるという註釈から精神病院を指していることが判り、また不可解なモノローグを使うことが、この小説の唯一のトリックであると知れてしまうと、別に事件もないので、いくら読んでも同じであり、逆に忍耐力が必要となってくる。この小説が出版されたころ、イギリスからアメリカへ講演旅行に赴いた文芸評論家シリル・コナリーは目ぼしい新人の小説全部に目を通したあとで賞めるだけの新しい作品はひとつもない、ただトルーマン・カポーティの短編だけが面白いと言った。カポーティは当時二十一歳のニューオーリンズ生れの若い作家で、マドモアゼル誌、ハーパーズ・バザー誌などのスリック・マガジンに異常心理と異常雰囲気を巧みに混和した読みごたえのある短・中編を寄稿していた。作品についてはあとで記すが、このときのシリル・コナリーの毒舌を一笑に付してしまうことはできない。新人にかぎらず、中堅作家、一流大家どころでも、ひどく低調な作品で読者を保持することができたのである。要するに一九四六年ごろは両方のレヴェルが落ちていたとみなしても差支えあるまい。

一例として、この年にW・R・バーネットが書いた「ロメル」Romelle という小説を取りあげてみよう。この作家は一九二九年に暗黒街に取材した処女作「リトル・シーザー」Little Ceasar で一躍名をあげ世界各国で読まれたハードボイルド派の最古参者である。一九四〇年に「ハイ・シエラ」High Sierra を発表したころも人気は衰えなかったが、十五番目にあたる作品がこの「ロメル」である。性格破綻者が登場し謎のような行動を繰り返してばかりいるが実は恋愛小説がちょっと形を変えただけであって異常心理派とスリラー派の折衷作品といった言葉が適当しているであろう。

どんな事件が起こるかというと〝街のロメル〟と綽名されたキャバレーの女歌手が、或る朝、ベッドで眼をさます描写からはじまる。書き出しに困った場合に最もごまかしのきく手法である。このロメルという女は三十歳でかつての名声は凋落している。それでも〝ブルー・イヴニング〟という三流キャバレーで毎夜歌っているが、それもここのボスが彼女の情夫だったからで、相手にだんだん倦きられると肩身のせまい思いもする。彼女は朝起きてから、まだそうは衰えていない容姿を鏡にうつしながら、最近になって急に態度の変りだしたボスにはきっと新しい女ができたにちがいないと邪推する。この邪推は当っていて、アーリインという新顔がキャバレーで幅を利かしはじめた。或る夜、酔いが廻っていたロメルは二人の仲を嫉妬して大喧嘩となり、相手に殴られた挙句、お払い箱にされてしまう。

このキャバレーに足繁く通っていた若い男がいる。何のために来るのか判らなかったが、実はロメルに惚れ込んでいたのである。この男はジュールスといい、素性は誰もはっきりは知らないが南部の名門の息子だという噂が立っていた。ロメルが喧嘩して、お払い箱にされた晩、彼は彼女の後を追いかけて結婚しようという。相手はまだ若く歳がだいぶ離れているのに不思議だと思いながら、ロメルは男の情にほだされて結婚生活に入る。

それからしばらくすると若い良人が帰宅しない晩が度重なる。帰って来ると何物かに脅かされているように見える。理由を聞いても語らない。ロメルは良人には言えない暗い過去があるのではないかと考え、それとなくキャメロンという若い医師に彼女の苦しみを打ち明ける。この医師は秘かにロメルにたいして恋情をいだいているのであるが、理性的な男だったので、なかなか真情を告白しない。

ここへ怪しい人物が登場する。ロスという名の男であるが、要するにジュールスの過去の経歴を知っていて、相手の妹を囮に使って恐喝を試みようとするのである。このためジュールスの日常の振舞いはロメルの眼にも常軌を逸したように映り、悪い前兆となってくる。彼女の予感はそのまま的中し、或る夜ふけ、良人は蒼い顔をして帰ってくる。熱にうなされているようなのでベッドへ寝かしてしまうが、翌朝の新聞をひろげると恐喝者ロスが往来で何者かに殺害されたという記事が出ている。彼は前科者であり警察のお尋ね者であった。そして殺害の嫌疑は当然ジュールスへと振りかかってくる。

ロメルは気が気でない。なぜなら彼女は結婚してから日増しに若い良人がすきになっていて、ことによって殺人を犯したのではないかと考えると、なんとかして未然に防がなければと思うからである。同時に良人の過去を知りたい衝動に駆られ、物置にそっと隠してあるトランクの中味が臭いと感づいて、或る夜こっそり物置へ入って開けてみると、中からは女の衣裳が何枚も出てきただけでなく、その底には一枚の写真が忍ばせてあった。写真を見た瞬間、ロメルは良人のジュールスがキャバレーへなぜ足繁く通って求婚したかの理由をさとる。写真の主はジュールスの母親であっただけでなくロメルに生き写しだったのである。このとき物置のドアが静かに開きジュールスが彼女の前に立っている。彼は妻に向かって殺人の告白をし、彼の過去と不幸だった母親のことを語りはじめる。

一方、警察の捜査網はジュールスの邸宅へと迫っている。彼は自首しようと言い出すが、ロメルは彼が血でも吐きかねない蒼い顔をしているのを見て、夜蔭に乗じて自動車へ医師キャメロンと一緒に担ぎ込み、警察の手から逃がれだす。彼らは途中の旅館でジュールスを介抱するが、ついで再び自動車で逃げのびるうち、とある教会の前を通る。ジュールスは車を停めてくれと言い、それから礼拝堂の中へ入っていったかと思うと、キリストの像を飾った祭壇の前でつんのめったまま息を引きとってしまう。司祭と医師キャメロンは死者に冥福あれと祈る。そしてロメルはこの医師と結婚して再び新しい生活へとはいる。

この小説はカヴァーにロメルらしい美しい女の横顔が大きく描いてある。今でも同じことであるが表紙に女の顔を描きさえすれば人目にもつくし売行きも悪くない。しかし、この本を古本屋で買った帰りの電車の中で読みはじめ、その夜遅くまでかかって読みおえたあとは、やれやれという溜息しか出てこなかった。これでは「失われた週末」や「蛇の穴」が話題にされるのも無理はない。

これらの作家に比較するとシリル・コナリーが賞めたトルーマン・カポーティの作品は一流とはいえないが新鮮で、ヒッチコックの映画やダリの絵を見ているような芸術的興趣を覚える。最も評判になった「ミリアム」Miriam を取りあげてみよう。

ニューヨークの或るアパートにミラーという六十一歳になる老婦人が一人ぼっちで暮していた。或る雪の降る夕方、夜の食事をすましたあとで夕刊を見ていると、近所の映画館で面白そうな題の映画を上映している広告が出ている。彼女は急にそれが見たくなり、ラッコ毛皮の外套を着てから部屋の電気をスタンドだけ残して消し、外へ出た。

雪は細かく降っていたがまだ積もってはいなかった。イースト・リヴァーの河風が街の中を吹きすぎた。老婦人は外套の襟の中に顔をうずめるようにして歩き、ドラッグストアに立ち寄ってペパーミント・ガムを買ってから映画館へと急いだ。

映画館の切符売場の前は客が行列していた。すぐ入れるだろうと思った老婦人は行列の後について小銭の用意をした。そのとき彼女は庇の下に佇んでいる不思議な感じの少女に気がついた。杏色のビロード外套を着ていたが真白い顔と肩へ長く垂らしたブロンドの髪毛が異様に眼にうつった。少女がこっちを見たので老婦人は微笑した。すると向うから傍へよって来て二十五セント出し切符を買ってくれという。仕方なく買ってやってから二人は休憩室へ入りソファに並んで腰掛けた。

傍で見ると少女の特長は髪毛というよりは大きな茶色の眼にあった。その眼には少女らしい感じがなかった。老婦人はペパーミント・ガムを与えながら、映画は好きかと訊くと、今までに一度も見たことがないと返事し、名前はと訊くと、ミリアムと答えた。そのとき映画がはじまる場内のベルが鳴り響いたので、二人は別々になった。

ニューヨークには、その夜からずっと雪が降りつづいた。或る晩、ミラー老婦人はスクランブルド・エッグとトマト・スープで夜食をすましてから、湯タンポを入れて寝床にはいりタイムズを読んでいた。すると急に誰かがベルを鳴らしつづけている。時計を見ると十一時を廻っている。訝りながら起き上ってドアを開けてみるとそこにはミリアムが立っていた。彼女は前の晩と同じ杏色のビロード外套を着ていたが、髪毛は二つに分けて編み大きな白いリボンを結んでいた。そして外套の下には二月だというのに薄い純白のドレスを着ていた。

老婦人はすこし気味が悪くなったが、ミリアムがおなかが空いたというので、台所でジャム・トーストをつくりミルクを沸かしてやっていると、ミリアムは老婦人の寝室へはいって鏡台の引出しを掻き廻しカメオ細工のブローチを見つけると欲しがりだした。老婦人はトーストとミルクをやったあとで遅いから帰りなさいと言うと、立ち上ったミリアムは傍にある花瓶に插した造花のバラを床に棄てて靴の踵で踏みにじってから帰っていった。

その翌日、ミラー老婦人は一日中ベッドに入ったきりだった。しきりと頭痛がして、うとうとと眠ると奇妙な夢に襲われた。そして再び朝になって眼をさますと、雪は降りやんでカラリとした青空になっていた。老婦人は起き上って外出の支度をしたのち、銀行で預金を引き出し、レストランで朝食を摂ってから、バスで買物に行こうと考えサード・アヴェニューを向う側へ横切ろうとすると、着古した茶色の外套を着て格子縞の鳥打帽をかぶった鰐足の見知らぬ老人が彼女に向かって微笑しかけ往来を横切ってつけてきた。老婦人は厭な気持に襲われながらセカンド・アヴェニューの商店街を歩いていると鰐足の老人はいつまでもつけてくる。薄気味わるくなって一軒の花屋の中へ入ってしまうと、老人はその店先を通りすぎながら、さも満足そうに鳥打帽に手をやって微笑した。

老婦人は花屋で白バラを六輪買った。それから瀬戸物屋で新しい花瓶を買った。白バラや花瓶など買う気持はすこしもなかったが、誰かが買えと言っているようであった。彼女はそれから菓子屋で砂糖煮の桜桃を買い、パン屋でアマンド・ケーキを買って帰途についた。雪がまた降りはじめた。

アパートへ戻った老婦人は白バラを花瓶に插し、買ったものをテーブルの上に並べた。時計が五時を打った。その途端にベルが鳴った。彼女は誰が訪ねて来たか判っていた。『ミリアム帰っておくれ』と彼女はドア越しに叫んでジッとしていた。しかしベルは鳴り止まなかった。それでドアを細目に開けると大きなボール箱とフランス人形を抱えていたミリアムは『ありがとう。今日から引越して一緒に暮すの』といった。そして部屋へ入るとボール箱の中から色いろな衣裳を取り出した。『ここへ来てはいけません。後生だから帰っておくれ』と老婦人は叫んだ。ミリアムは白バラとテーブルの上の菓子を見ると満足そうに『今までは鰐足のおじいさんと一緒に暮していたけれど貧乏だったものだから、おいしいものが食べられなかったの』といった。

ミラー老婦人は急に泣き出してしまい、部屋から飛び出すと階段を駈け降りて階下に住む夫婦づれの部屋のドアを激しく叩いた。『私の部屋に変な娘がいるのです。何をするか判りません。追い出して下さい』と彼女は泣きながら頼んだ。男は二階へ上って行ったが、やがて戻って来ると『誰もいませんでしたよ』と言った。老婦人は『大きなボール箱とフランス人形があったでしょう』と訊いた。『そんなものも見かけなかったね』と男は答えた。

老婦人は部屋へ引き返した。彼女は部屋の真中で呆然と立ったままだった。部屋は同じでも急に変ったような気がした。あたりはすっかり暗くなり窓外には雪がしきりと降っていた。彼女は夢でも見ているような気持になり椅子へ身体を落して眼を閉じた。するとどこかで鏡台の引出しが開いたり閉まったりするような音がした。やがて絹のドレスを引きずっているような気配がした。そのかすかな音は次第に彼女のほうへと近づいてくるようであった。老婦人は急に身体を緊張させ暗闇の部屋の中で眼を見ひらいた。すると『ハロー』というミリアムの声がした。

これがシリル・コナリーが賞めた「ミリアム」の筋である。文章は非常に上手で、ヒッチコックの映画のようにドキンとさせる面白い技巧を心得ている。それでトルーマン・カポーティの他の作品を読んでみたくなるのであるが、「頭のない鷹」The Headless Hawk というのをついで読んでみると、ダリの絵から受ける印象に似たものを感じるのである。若い画商がいて、往来で知り合った女流画家から一枚の絵を売りつけられる。その絵は首のない女と胴体だけの鷹を描いたものだった。画商は女流画家と恋をはじめる仲になるが、或る日、急に画家は姿を消してしまう。失望した青年が彼女の描いた絵を見ていると一匹の蝶が飛んで来て首のない胴体の上にとまる。青年は鋏を握って蝶を刺そうとすると手許が狂って鷹の心臓を貫いてしまうという筋である。これも際立った作品とはいえないが、彼と同じニューオーリンズ生れの評判の劇作家テネシー・ウィリアムズの「ガラスの動物園」「欲望という名の電車」の特色である詩的なムードに共通したタッチがあり、戦後のアメリカ新人のなかでは注目すべき一人といっていいであろう。カポーティはこのあとで「他人の声、他人の部屋」Other Voices Other Rooms という長編を発表した。十三歳の少年がニューオーリンズから東部にいる父親を探しに旅行するあいだの出来事を神秘的な雰囲気のなかに描いたものだと言われるが、批評家からはあまり賞められず、シリル・コナリーが読んだら、がっかりするだろうと言われた。これはこれとして新人が色いろと問題にされているのは事実である。しかし肝心の読者のほうはどうかというと、こうしたことには興味が薄らぎ、本を買って読むよりは一家揃ってカントリー・ドライヴに出掛けたほうがずっと面白いといった気持にいまではなっている。

現代アメリカ文学の冒険

佐伯彰一・丸谷才一の両氏と

佐伯　最近は、日本でもアメリカ小説の読者がずいぶんふえている。最近出てくる日本の新人作家を見ても、たいへん、アメリカ小説くさい人が目立つようになってきて、そういう意味でのアメリカ化、アメリカ小説くささが、日本でも、浸潤度が――深いかどうかは別だが――ずい分広くなってきたという気がする。フランスの女流評論家のクロード・エドマンド・マニーが〈アメリカ小説の時代〉ということをいったのは、あれは一九四〇年前後でしょう。要するに、第二次大戦以後は、〈アメリカ小説の時代〉ということが、かなり普遍的に言えるような気がする。その余波が日本に近頃及んで来たという気がする。小説ジャンルだけに話を限ってみると、もう少し前には、ロシア小説の時代がある。これは二十世紀の初めから少しあとぐらいまで、ヨーロッパに非常に強い衝撃を与えた。日本でもほぼ同じ時期に強烈な衝撃をこうむったことがある。日本で近代小説という場合、まずヨーロッパ小説ということになって、その際何がくるか。ぼくなんか、正統的な小説といえば、ごく自然にまずイギリス小説ということが来るわけで、イギリス小説こそ小説そのものだという偏見をかなり持っている。スタンダール、バルザック、あるいはフローベルを抜きにして小説は考えられないということも事実だが、しかし小説ジャンルに関しては、フランス人も何となくイギリスに一目おいてきたようなところが昔からあった。だから、いままでのところ、小説というものを考えると、イギリスという国と小説ジャンルは、何となくずっとうまが合っていて、イギリスくさいことが同時に小説くささに通ずるようなところがあった。ところがアメリカ小説になると、ずいぶん違った面が出てきたんじゃないかとぼくは思う。丸谷君、いかがですか。

丸谷 今までのところまことにごもっともなので、しゃべりようがないんですよ。(笑)

佐伯 じゃ、あなたが、イギリス小説こそ小説の正統だと考える、その具体的イメージを出してみてくれませんか。

丸谷 率直に言えば、アメリカ小説は好きじゃない。

佐伯 だろうと思う。〈アメリカ小説の時代〉といったのは、丸谷君に対するいやがらせでもあるわけだ。(笑)

丸谷 ある出版社の外国文学の叢書で、イギリス小説から何を入れるかという相談に乗ったことがあるんです。そのときぼくが推薦した中にファウルズの「コレクター」……。

佐伯 蝶を集めるのに熱中する男の話ね。

丸谷 ええ、それを推薦して、これはイギリス小説でも、ぼくの嫌いな小説だが、日本ではきっと受けるだろう、イギリスでよりもアメリカで評判がいいようだ、といった。そうしたら、ぼくの推薦したイギリス小説の中では一番売れたらしい。映画になったせいもあるけど。このへんに何か文化的関係が集約されたような感じがしたことがあった。そこであの小説をなぜぼくが嫌いなのか、考えてみると、やはりアブノーマルなところが嫌いなんですね。何か神経症的な感じがして。

佐伯　主人公はいわば孤立したアウトサイダー、社会は初めからないわけだ。

丸谷　そう。あれをもっと正統的なイギリス小説の立場から書くとすれば、社会がうんと侵入してくるでしょう。その社会が入ってくる度合いを断ち切るようにするから、あの話は成立する。たとえばあの筋を「年上の女」のブレーンですか、あの作家が書いたら、もっと社会が入ってくると思う。そうすれば、ただ、蝶と、誘拐する女の子だけで押し切るわけにはいかないだろうと思う。もっと厚味を持ってくるんじゃなかろうか、ということを考えました。そんなところがアメリカ小説とイギリス小説の違いの一つのあらわれみたいな感じがするんです。

植草　ぼくも「コレクター」は、わりあい早く読んだのですけど、やはりアブノーマルなところが、なんとなくムーッときましたね。あのころは推理小説の分野がかなり文学的になってきて、やっぱりそういったアブノーマルな人間が出てくる作品が多かったのです。そういった影響とはいえないけれど、あれもスリラーだし、周囲の反映が出ているんだなという気がしましたね。ただ、あの小説が後半になって女の子の手記になりだしたときには、すっかり感心しましたし、あの部分がほんとうは書きたかったんじゃないか、要するに、前半はたいしたことはないが後半には味があると思いました。それから、あの翻訳が出たとき、あまり売れないだろうと思っていたところ、売れたんですってね。あれが入った叢書はアメリカ文学の売れ行きがよくって、サリンジャーが一番よく売れたという話も聞きました。もう五年くらい前になりますね。あのころから、最近のアメリカ文学が、サリンジャーがきっかけですが、若い読者のあいだでよく読まれるという傾向が出てきたわけで、その後もアメリカの新文学がたくさん翻訳されるようになった。

佐伯　植草さんは、アメリカ小説については日本じゃ先駆的な読者で、昔からアメリカ小説がごひいきでしょう。

植草　じつは戦争当時ですが、わりあい読んでいたのがイギリス小説でした。けれどイギリス小説ばかり読んでいると、飽きちゃってね、それでアメリカ小説に手を出すのですが、ちょうどジョン・オハラが売り出したところで、たとえばオハラを読むと、アメリカ作家の文章がイギリス作家とは、まるで違った感じがするので、それでオヤと思ってアメリカ小説を続けて読みました。けれどまた飽きちゃうんです。それでイギリス小説に戻ったり、スペインとかアルゼンチンとかいった小国のものですが、そういったのはフランス訳がわりにやさしいんですね。そしてイギリスやアメリカよりずっと強烈な感じをうけました。といって手に入る数がすくないので、またもとへ戻っていくという読みかたでした。

丸谷　植草さんぐらい読めば、飽きるでしょう。(笑)

佐伯　植草さんはたいへんな美食家でいらっしゃるわけだけど、イギリス小説に飽きてアメリカ小説を読むというとき、その味わいがどう違って感じられるか……。

植草　ただの好奇心から読んでいるだけですが、イギリスの小説だと、かなり長いものが多く、途中で頭がボンヤリしてしまうのですが、そこを過ぎたあたりから、いいなと思うことがよくあった。たとえば、日本にまだ紹介されていない古い作家でR・C・ハッチンスンという作家がいます。グレアム・グリーンが「ブライトン・ロック」を出した一九三八年に、彼は「テスタメント」というロシアをバックにした六百ページ以上の長編を書いているのですが、ヒュー・ウォルポールは、その年の新人作家では、この二作が一番いいと賞めましてね。じつはその前に、アメリカのコロムビア大学の先生だったウィリアム・ライオン・ヘルプスが「スクリブナー」の毎月の書評で、R・C・ハッチンスンのほかのものなどに夢中になっていました。そんなきっかけでハッチンスンに接近しましたけれど、戦災孤児や脱走兵の話など、ダラダラしているけれど、途中から唸ってしまうんですね。ところがアメリカの小説だと読みだしたとたんに、直接的というか何か違ったフィーリングを感じさせるんですね。

佐伯　アメリカ小説が、とにかく、何か新しいのが出てきたという感じをみんなに与えた最初は、ヘミングウェイ、それから、もうちょっとさかのぼると、シャウッド・アンダーソンじゃないでしょうか。アンダーソンになると「ワインズバーグ・オハイオ」にしても、田舎町だけれど、町全体としての社会はなくて、その中でみんな個々バラバラだ。むしろバラバラなことによって成り立つわけで、しかも、あのスタイルは、ある意味では非常に素人くさくて、いわゆる文学的スタイルから格がはずれている。広い空間の中にポツンといて、黙っていられないから何か呟く、それから小説が始まるという感じがあって、これは普通からいえば、むしろ反小説の世界で、小説が成り立たないところで小説を成り立たせている。アンダーソンの場合は、いわゆる、アメリカ小説的な強烈なバイタリティとか、変った経験とかはまったくない。ヘミングウェイになってくると、強烈な経験を売りものにするみたいなところが出てくるわけだけれど、アンダーソンの場合は、その前の素朴な形で何かポツンと孤立した人間が呟いたり、話しかけたりして、何とか話し合いを通じさせようとしている、そういう呼吸が、ずいぶん新鮮な感じを与えていたんじゃないかと思う。ヴァージニア・ウルフの「コモン・リーダー」の中に、アンダーソンに非常に新鮮な感じを受けたというエッセイがあったように思うけれど、英国小説の場合、第一ページ目から社会があるわけで、「ブライトン・ロック」みたいなものでも、ブライトンという海岸の避暑地の群集が、一つの社会になっていて、ピンキーはその中で孤立している。

丸谷　ぼくはアメリカの現実の社会は知らないんですよ。でも、社会の中での孤独は、社会を書いて、しかも孤独を書かなければ、ほんとうじゃないという感じがする。ただ、但し書をつければ、社会を書いて、それから人間を書こうとする態度が一つの型をつくってしまえば、それはどうしても陳腐になる。イギリスの三流小説を読めば、その陳腐さがよくわかります。

佐伯　イギリス小説の場合は、うまく言えないんだが、市民なんですね。市民という言葉の日本語の語感がぼくは大嫌いで、ほんとうは使いたくないんだ。市民であるということと、プライベイトな個人であるということが、すぐに結びついちゃっている。この間、カナダに行ったとき泊めてもらったケンブリッジ出のイギリス人の先生なんか、学校から何マイルも離れた所に住んでいて、ご承知のようにカナダはやたらに寒くて、雪は降るし、ぼくらバスを待っている間も寒いくらいなのに、そこを毎朝、学校まで歩く。彼はテレビを非常に嫌悪しているし、ラジオでさえも嫌悪しているくらいだから、普通の標準でいえば、相当の変り者だが、当人には、自分が変り者だという意識は全然ないし、それをふり回すことも全然しない。それをごく普通に、あたりまえの人間の生き方だと思って生きている。彼には社会のわくからはみ出したような、アウトサイダーでございというような気負いが全然ない。

丸谷　そう。イギリス的なものの特徴だろうが、エクセントリックということばの中に、セントリックということが入っちゃってる。

佐伯　そうなんだ。それが、アメリカ人の場合だと、そうはいかない。社会のしきたりやスタンダードから、自分がはずれていれば、やはり意識せざるを得ない。そうすると、それを強い身振りで訴えるか、あるいは社会が悪いんだというか……

丸谷　告発したりする。ところがイギリス小説は、そういう告発をしない。告発をする場合にも、たとえば、グレアム・グリーンの小説など、告発する感じがかなりあるけれど、ところが、それが安定していて、けわしい対決にはならない。しかも対決そのものはちゃんとしている。

佐伯　「アングリー・ヤングメン」なんていうのが出てきて以後は、それがちょっともち切れなくなったというところも出てきた。社会と個人の間にある健全なバランスみたいなものは、いくらあがいたって成り立っている。これは何とかしなければ、おれたちの生きる道はないということで暴れたけれど、しかし、結局、そうはうまくいかないところがある。そういう連中が出てきたことと、アメリカ小説が評判になってきたということと、なにか重なるところがあるんじゃないか。

丸谷　「アングリー・ヤングメン」の、特に芝居のほうですけど、文体が極端にコロキアルになっていますね。大雑把に、文学的に言ってしまえば、ジョイスが「ユリシーズ」でやったことがパリではやって、パリからアメリカに行って、アメリカからロンドンに来たという事情になるんじゃないかな、ああいうコロキアリズムというのは。とにかく、芝居の場合、実に極端ですね。正直に言って、あまりわからないんです。

植草　ぼくが最近いちばんわからなかったのはチャールズ・ダイアーの「ステアケース」でした。だからブロードウェイであの芝居が上演されたとき、あのままのセリフで、アメリカ人にどのくらいわかるんだろう、書きなおしたのかしらんと考えてしまいました。

佐伯　そういえば「イージー・ライダー」の映画のほうだけど、あのセリフも、ぼくにはなかなかついていけなかった。

植草　あれには、アメリカ人にもわからない謎的なセリフがいっぱいあるそうで、ポール・クラスナーがその一部を説明したのを読んで、なるほどと思いました。『どこから来たんだい』『Lから来た』そんなのがいなかのアメリカ人にわからないんですね。

佐伯　近頃の小説には、一種の通じにくさみたいなもので何かを出そうという傾向がずいぶんある。安定した関係を、しゃにむにこわしてしまって、通じているかどうかわからないところでというか、むしろ、通じていないということで安心して、そこでいろいろやり出すというようなところがずいぶんある。イギリス小説では、どんなにエクセントリックなことをやっていても、相手にはちゃんと通じていますというところがあって、それがイギリス小説の真髄みたいな気もするんだけれど、いわば、それに対する一種の反抗だね。

丸谷　いまの日本の職業作家が外国文学に関心を持つ場合、アメリカ小説に関心を持つ人が多い。それはどうしてなのか、いろいろ考えてみると、どうもちょっと、話が簡単過ぎやしないかなって感じがするんだ。つまり、いままでの日本の小説の型と、アメリカ小説の型とわりあい重なり合っている部分があって、要するに、明治以後いままでの日本の小説の型を確認しているに過ぎないことを、アメリカ小説の影響だというふうに誤解しているんじゃないかという気がするんです。

佐伯　それは非常におもしろい点だな。ぼくは、ちょっとあなたとずれるかもしれないけれど、イギリス小説を中心に置いて、アメリカと日本と並べてみると、もちろん比較にならないぐらい違うわけだけれど、ただ、日本の場合は、いわゆる近代の小説、特にフランス自然主義なんかが入ってきて、その影響で、小説概念ができ上がる時期には、要するに、いままでの既成の型から逃げなければいけない、つまり、型などというものはすべて反小説的なもので、型を破らなければいけないという、つまり、脱走したり、逃避したり、破壊したりすることを非常に強調したわけだ。日本は、長過ぎるぐらい古典主義の型が支配してきた国だけに、文学とは、そういうコンベンションを守ること、或いは、そういうコンベンションにどれほどのヴァリエーションをつけるかということであったと思うんだ、明治以前まではね。ところが、そういうことが常識としてあまり長く支配してきたから、とにかく、そういうことに反抗してそれを壊すこと、それが文学なのだということになって、それに自然主義の影響が結びついたのだと思う。一方、アメリカは、もともと古典主義がない国で、やみくもに表現が始まった国だから、そういう国と、型の呪縛力が非常に強くて、そいつから逃れなければ文学が始まらないという国とが、ある意味で期せずして一致した……。

丸谷　何か、両極端が一致したみたいな感じがある。それは実に不思議な話で、よくわからないんだけれど、しかし、二つの国がどちらもローマン主義文学に対してものすごく弱かった、と見れば実に簡単ですよね。つまり、デストラクティヴなものに襲われるとひとたまりもない。片方では古典主義が老衰化していたし、片方には古典主義がなかった、とまあ、こう言えないこともないと思いますね。
佐伯　しかし、そこのところだけど、アメリカの場合は、何といってもイギリス小説から出てきたというところがある。たとえば十九世紀の「白鯨」でもいいし、ホーソンの「緋文字」でもいいが、結局は孤独な人間かもしれないけれど、孤独な人間が同時に集団をなしていて、それが捕鯨船に乗り込んでいたり、普通の社会とはずいぶん違う、そういう……。
丸谷　そう、その集団を描く力は強い。たとえばメイラーの「裸者と死者」、あれはやはり傑作だと思う。最近のメイラーは、全然だめだとぼくは思うんだけど。
佐伯　あの人は、普通の意味で、小説家的な腕、能力が相当ある。そして、それを壊さなければだめだという偏執観念にとりつかれているみたいなところがある。二十代の半ばであれほど人間を描き分ける力があったのに、それをひたすら押しつぶそうとしてきた。
丸谷　植草さんはメイラーはどうですか。
植草　最初は気に入らなかったが、「ベトナム」は、読んだときおもしろいなァと思ったけれど、あれは翻訳不可能ですねえ。けれど邦高さんはやりましたね。
佐伯　あれは、だれかうまいことを言ってね、インスタント版の「フィネガンズ・ウェイク」だって。そんな高級なものじゃないんだけど。
丸谷　それはうまいね。
佐伯　ぼくも前に読もうとして、原文で読むとずいぶんわけがわからないけれど、声に出して読み上げると、何となく雰囲気がわかるようなところはある。

丸谷　ぼくは、悪夢が雄弁術になったという感じがするんです。ところが本来は、雄弁によって悪夢を語るということは、あり得ないことなんだ。

佐伯　そういう一種のユダヤ的な離れわざ、力わざと、もう一つ、ゲラゲラ笑わせるような、滑稽な、きたないことばを、これでもかこれでもかと蒔き散らす。それがあの人の場合、生理的な粘っこさがなくて、ヤンチャ坊主がやたらにきたないことばを蒔き散らすのと同じで、実感があまりない。ところが、手足を振り回し、声を振りしぼって、きたないことばを投げつけているうちに、それはたいへん滑稽なんで、そのまま
さまになっているところがあって、性的革命とか、そういう大きなことじゃなくて、一種の滑稽小説で、ジョイスのある部分が笑わせるのと同じような効果が出ている、そこまでは行っているという感じがする。いわゆるギャロウズ・ヒューマー、追いつめられた者の必死の笑い、えげつないこともにがいことも辛いことも苦しいことももとにかくあらゆることを使って、人を笑わせずにおかぬという、ユダヤ的なしたたかなコメディアンの魂みたいなものは、案外メイラーの中にあるのじゃないか。日本のきまじめなノーマン・メイラー読者は、その点を全然理解していないという気がぼくは前からしているのです。

丸谷　その点が問題で、ノーマン・メイラー嫌いのぼくの中にも、案外そういうきまじめさがあるのかもしれない。

佐伯　あなたが、雄弁ということばを使ったので、ぼくは感心したんだけど、じかにメイラーの演説を聞いた人の話によると、彼は、若い学生なんかのいっぱいいる集会へ出て行って、そういうところ

でコミュニケーションをつくることの名人なんだってね。彼がしゃべり出すと、ときにはふざけたり、酔っぱらったり、いろんなことをするんだけど、聴衆は、何となく、グーッと引き入れられて聞いちゃうんだって。そう言えば、彼と一緒に講演をやるのはごめんだというようなことを書いているのも読んだ覚えがある。すっかりくわれちゃうわけだ。

丸谷　そうだと思いますね。そういう技術は、生まれながら身につけているんじゃないかな。

佐伯　ユダヤ的話術というと語弊があるかもしれないけど、ユダヤ人が生きていく上での一つの知恵というか、ユダヤ的饒舌というものがあって、それは、ときには嫌味にもなるし、いろいろだけど、ユダヤ系の作家には、シンガーからソール・ベローに至るまで、かなり饒舌なところがあって、その饒舌がそのまま一種の魅力になるようなところがあるでしょう。さっき、ジョイスの話が出たけど、アイルランド人にも、同じようなところがあるんじゃないか。

丸谷　ジョイスなんかが、二〇年代にブロムスベリーの連中にあれほど嫌われたということは、そういうことでしょう。しかし、ジョイスというのは非常に趣味がいいという感じがするんですよ。何か普遍的な文化を考えているという感じがする。ジョイスは血みどろみたいなことをやらないでしょう。ところがフォークナーは血みどろのやつをやる。それによって、はじめて土俗に到達しようとする。ジョイスはそれをやらなかった。というのは、たいへん趣味がいいというのか、あるいはジョイスにすらブロムスベリー的なものがあったということかもしれません。もちろんスキャトロジーはずいぶんあったけど。ジョイスの一番の悪趣味は、スキャトロジーじゃないですか。

佐伯　ありとあらゆることが出てくるね。トイレの中の描写とか、出産も出てくるし――。そう、ジョイスだと、「ユリシーズ」とか「フィネガンズ・ウェイク」でできることが、フォークナーだと、とても一つや二つの小説ではやれない。フォークナーは一面でジョイスであると同時にバルザックだ。つまりそういう大きなことをやらなければ「ユリシーズ」的世界は持てないということがあると思う。アメリカの作家としてね。よりかかる伝統がないわけだから。

丸谷　ジョイスだって、ぼくは、なかったと思う。あったふりをしたんだと思う、ただ、あったふりをする手がジョイスで終っちゃった。そこがぼくは二十世紀アメリカ文学の非常に大きな分岐点だと思う。つまり、ないけど、あるふりをするという手も禁じられてしまった。だからジョイスがいなければ、二十世紀のアメリカ小説は、もっと変ったんじゃないかという感じがします。

佐伯　象徴的な意味では、そう言えると思う。平たく言っちゃうと、文学者というか、作家というものは、アメリカの場合、そのままじゃ認められない。作家なんていったって、だれも認めてくれない。ジョイスまでは、作家たること、文学者たることは、一個の身分証明になるところがあったけど、アメリカの場合は、アンダーソン以来、ヘミングウェイでも、フォークナーでも、自分が作家だという顔をした主人公は出てこないし、いわんや書き手が、自分は作家でございというところから出発した文学は全然ないんじゃないですか。むしろ意識的にごまかした形で、自分をアマチュア的な位置におけば書き始められるということがあるんじゃないか。ヘンリー・ミラーでさえそうでしょう。文学者くさくないものね。むしろ、素人くささがアメリカ作家には大事で、ノーマン・メイラーの場合「裸者と死者」でいえば、彼は、まぎれもない一個の兵隊なわけだ。兵隊という位置におくと、小説の作家が成り立つ。

丸谷　植草さんは、「裸者と死者」お好きですか。
植草　好きじゃないです。さっき、饒舌といったので思い出したのは、それは「ベトナム」より感心したといってもいいけれど、パターソンとリストンの試合を書いた「一分間に一万語」あれが「エスカイア」誌に出たとき、わからないところだらけだったけれど、おしまいまで、いっぺんに読んじゃいました。
佐伯　メイラーという人は、「夜の軍隊」みたいなものでもそうだけど、自分で小説世界をつくるより、向こうにあるものと自分との間に緊張関係が生ずるときに、生きてくる人のような気がする。だから、ほんとうの小説家というのと、ちょっと違うかも知れない。
丸谷　作家じゃなくてスターなんですよ。
植草　メイラーのことが出ると、ジェームズ・ジョーンズのことが頭に浮かぶ。このあいだの「戦争未亡人のところへ行け」は、こういうのがアメリカ小説のいいところも悪いところも丸だしにしたもんだと思って、とても面白かった。
佐伯　ジョーンズなどというのは、やはり素人くささのエッセンスみたいなものじゃないか。「ここより永遠に」もそうだけど、いかにも素人くさく、泥くさい。「真空地帯」の野間宏より、よほど泥くさい。ただそのことが逆に彼の小説を生かしている。戦争のことを書くと、フィジカルな面がひどく利いて、ノーマン・メイラーはまだしも知的だから、いろいろ構成したり何かするんだけど、そういうことがまったくなくて、文学以前の、なまな肉体的な力みたいなものがムンムン出てくるところがあって、そういう意味では、むしろジェームズ・ジョーンズのほうが、金無垢のアメリカ作家といえるかもしれないな。彼そのものが、何かアメリカ小説の申し子といったところがある。

植草　コールダー・ウィリンガムの「永劫の火」も、ぼくはとても買っているんです。ジョーンズもウィリンガムも、普通のエロ小説とは、まったく異なった感覚があってね。

丸谷　アメリカの小説のセクシュアルな描写の特徴は、どういうところですか。

植草　たとえばアップダイクの「カップルズ」がとても売れたせいでしょう、最近のは取り換えっこのプロットがエロ本で流行していますが、いったいにグロテスクになりました。あんまり読まなくなったけど、六冊に一冊くらいは文学的でシッカリしたのがありますよ。

丸谷　ポーノグラフィというのは、文学の影響を実に簡単に受けてしまうもんなんですね。文学がポーノグラフィの影響を受けるよりも、ポーノグラフィが文学の影響を受けるほうが早いんじゃないかな。

佐伯　アメリカの場合、エロはフィジカルなファクトそのものが嬉しくてしようがないという感じがあるように思うね。デカダンスとか、頽廃とか、手近なところで言うと、吉行淳之介みたいな感じ、ああいう感じは、アメリカ小説にはまるでないように思う。

丸谷　吉行のようにアメリカ人が頽廃してしまったら、世界は暗澹たることになる。(笑)

佐伯　近ごろのニューヨークは、検閲がまるでなくなっちゃったみたいで、ぼくもついこの三月、一週間ばかり泊っていて、もの珍しいから、映画だの芝居だの見て回って思ったけど、どれほど露骨に、なまにうつしていても、フィジカルなものに対する信頼は厳としてゆるがないという感じがあって、そういう意味では、やっぱり、ナチュラリズム、リアリズムです。どんなふうに変態な組み合わせをつくってみたって、リアリズムからちっとも逃れられないという感じが強い。

植草 最近はポーノグラフィが地方都会でもずいぶん出ていて、そんなのは、出だしの一行から直接行動ですよ。いままではジワジワとクライマックスでしたが。

佐伯 アップダイクは、さっき「カップルズ」の話が出たけど、アメリカ作家としては、かなり優雅なところがあるでしょう。ぼくは、初めて「ケンタウルス」を読んだとき、これはアメリカの新ロコ派というか、新美文派みたいなものがあらわれて、アメリカ文学のなまの事実派、体験派じゃない文学をやろうという人が出てきたなという感じがし、ものめずらしく思った覚えがある。隅々まで神経のゆきとどいた、しゃれた味わいがある。しかし、彼の場合でも、社会がないという点では不満があるわけでしょうね。

丸谷 ええ、やはりどうも社会はないような気がします。ただ、日本の作家に比べると、あるんじゃないかなという気が同時にするんでね。

佐伯 黒井千次君の「走る家族」という小説、あれはアップダイクの「農場」とちょっと設定が似ていて、若い夫婦と子供がいるところへ、亭主のほうの両親が遊びに来る。それを車に乗せて送り返す、その途中で、細君の、亭主の両親に対する反応とかなんとかで話を持っていくわけだけど、ぼくはあれを読んで、まだしも、アップダイクのほうに、あそこの農場に根をすえて生きていこうというおふくろさんとかその暮らしぶりというものがあって、それが、都会に出ている息子夫婦との対照によって、違った暮らしぶりの触れ合い、あるいはその齟齬《そご》というものが、おのずと浮かんでくる。日本の場合、どうもそういうことは少ない。

丸谷　少ないですね。もう少し何とかなるんじゃなかろうかという感じが、ぼくはいつもしてしまう。
佐伯　今度の「カップルズ」だって、十組の夫婦だから少しひろ過ぎるぐらいにレンズを広げて、ボストンから何マイルも離れた、ニュー・イングランドの田舎町そのものを書いていこうとしている。必ずしもうまくいっていないけど、暮らしぶりというか、風俗というか、それをとらえようと、ああいう形ででもやろうとするわけだ。日本の場合には、むしろ、大前提として、それを書かないのがエチケットになっているところがある。
丸谷　コミュニティを書かない。
佐伯　ええ。アメリカの場合は、雑種性というか、いろいろな人間が集まっているわけだから、一つのグループを作るとか、一つのコミュニティを作り上げるということが、珍しいこと、異常なことで、ほうっておけば、バラバラになってしまう。バラバラの方が大前提なわけで、だから何人かの人間が寄り集まって、一つの部落をなしているとか、一つの軍隊をなしているとかいう場合、それがいかにして有機的な全体となるかということは、どうしても大きな関心事たらざるを得ない。成るか、成らないかわからないわけだ。ところが日本の場合、いまの急進派学生のグループにしても、人間が集まれば、それでもうグループになる。ならない方がおかしい。人間が集まって、暮らしを同じくすれば、グループになってしまう。そこからして、グループというものは書かなくてもいいという気持があるんじゃないかとぼくは察するんだ。
丸谷　日本文学の場合は、そこまで書いてしまうのはしつこくて、余白にとどめておくのが美的礼節だというような、そういう約束事があるんじゃないかという気がする。その約束事に逆らう人間が出てくると、それは、新しい約束事をつくろうとしているか、あるいは在来の約束事に不満であるかということなのに、それを、文学そのものがわからない人間というふうにとらえてしまう。そのくらい強固な約束事になっているんじゃないのかな。

佐伯　日本では、反コンヴェンションは文学の建前になっているけど、しかし、実は、無意識のコンヴェンションは非常に強い。あんまり強くて、みんなそれに縛られているから、かえって意識だけ反対でゆくんだと思うね。

丸谷　ぼくも全く同感です。ところで、この間、植草さんに教えていただいたジャージー・コーシンスキーという小説家、たしかポーランド生まれですよね。戦争中、ポーランドで、みなし児になって、どんな苦労をしたかという話。

佐伯　ポーランドから逃げ出したんですか。

植草　ええ、亡命作家なんです。英語で書いていて、二冊目の「ステップス」は素晴らしい。

丸谷　ぼくは「ペインテッド・バード」を読んだきりですが、いい英語でね。コンラッド以後、最も英語のうまいポーランド人ではないかという感じがする。どうしてポーランド人というのは英語がうまいんだろう。

佐伯　一つは、ヨーロッパの小国は、自分の国では文学的に自給自足ができなくて、作家として生きようとし、少し広い読者をつかもうとすれば、国際的なことばを身につけなければどうにもならないという必死なところがある。日本語の場合は、日本語の壁というのかな、それがいろいろな意味で守られていて、しかも一億も人間がいて、文盲率は極度に低いから、読者は非常に多い。だから、それだけで充分に間に合ってしまう。それで、そういう必要というか、欲求というか、しなければいけないということがまるでない。

丸谷 そうですね。もし人口がこんなに多くなくて、みんな無学であれば、野間宏さんがフランス語かロシア語で書いていることになるわけだ。

植草 そういうので、最近ぼくが感心したのは、朝鮮人のリチャード・キムでした。

佐伯 「殉教者」ですね。

植草 ポール・エングルの生徒ですね。

佐伯 アイオワのクリエイティヴ・ワークショップ。詩人の田村隆一や宮本陽吉君のいっていた。

植草 「殉教者」を読んだとき、オヤうまいぞ、と言っちゃいましてね、東洋人で、これだけ英語をマスターした人にぶつかったのは初めての経験でした。

佐伯 あの人は朝鮮事変に出て、その後、アメリカへ行ってやったわけでしょう。

植草 たった五、六年でしょう。

佐伯 あと、どこかの大学で英文学を教えているらしい。日本人は、昔から訓練はずいぶん受けているし、文学的才能はあるのに外国語の人が出ないのは、才能の問題じゃなくて、全然、プレッシャーがないからですよ。

丸谷 そうなんだ。だから佐伯さんだって英語の本は書かないわけだ。(笑)

植草 リチャード・キムは、ずいぶん苦労して勉強したなと、読みながら思いました。

佐伯 エグザイルということば、日本くらいはやるところはないんだけど、現実にそれをやって、向こうに通用させたという人は、明治以来、ほとんどいない。日本に帰れば何とかなるというところがあるからね。その点、アメリカ文学は、本人がそのまま作家になってしまう場合もあるし、せいぜい二代目ぐらいで、とにかくすぐ作家になってしまうでしょう。ある意味では、英語に対して素人であることが逆に強味になって、それがまた表現の幅を伸ばしている。

丸谷 表現の幅を伸ばしているところは確かに認めるけれど、しかし、その反面、何か大きく失っていっているという感じもする。

佐伯 アメリカの場合、ヘンリー・ジェームズ、T・S・エリオット以下の前例もあるわけで、批評家は、伝統ということをひどく気にしていて、ごく最近まで、アメリカ的伝統ということを言わなければ本が書けないような雰囲気があって……。

丸谷 そう、戦争中の日本の本の序文にかならず米英撃滅とあるのと、何か近い感じ。

佐伯 そんな、二百年や三百年で、伝統などと言ってもらいますまいと思うんだけど、そういう欠如の意識は相当ある。

丸谷 現代の日本の文学者も、日本文学の伝統を利用する方向で行ったほうがいいんじゃないか。伝統というのは、利用するもしないもない、もっと無意識的なものだといってしまえばそれまでだが、やはり利用する方向で行くべきだとぼくは思う。ところが、いまの日本のアメリカ文学ばやりには、日本はアメリカと同じぐらい貧しい国だというふりをして、アメリカのまねをするみたいなところがある。ぼくに言わせれば、アメリカ小説の弱点は、コクのなさなんだけど、われわれはコクのある小説ができる条件を与えられているのに、それを、わざわざコクのない小説を書くために、アメリカの小説のまねをするのはいかがなものであろうということになるんです。

佐伯　向こうはそれをやる以外手がないんだけど、日本の作家がアメリカ式にやることは、おかしな、滑稽なことだ。日本とアメリカぐらい、まるで違うところはないとも思う。日本はずいぶんアメリカ化しているが、表面のいろんなことが似てくれば似てくるだけ、行き来するたびに、その違いのほうを強く感ぜざるを得ない。表面的に世界は同じみたいにつながってしまうと、こっちに何か安定した個性がなければ、こっちの意味が全然なくなってしまう。初めから違っているんならいいんだが、いくらか表面的に同じようになったところがあるから、よけい、いかにして違いを出すか、これは戦略論になるけれど、違いを強調したほうが、比較文学的には、はるかに有利だと思う。丸谷君が言ったように、ぼくはどうも近頃の作家は有利な点を捨ててしまっているという気がするな。

丸谷　ただ、文学における伝統の使い方というのは、これから先は、それがわかれば苦労はないみたいなもので、実に大変なことでしてね。さっきのコーシンスキー、あれのせいで考えたんですよ。ポーランドで、戦争中に苦労して、孤児になった、あるいはそれに類した体験を持った男がアメリカに行って、「ペインテッド・バード」という小説を書く。そうすると、ああいうのができる。あの男がイギリスに行く可能性もあったわけです。イギリスに行って、あの小説を書いたら、一体、どうなったか。すると第一に、まず土俗趣味みたいなものが捨てられたと思う。

佐伯　たとえばコンラッドの場合で言うと、コンラッドは、ある意味では、イギリス人より、もっとイギリスくさくなろうとしているわけだ。イギリスの場合だと、それをやらなくては通用しない。アメリカの場合は、別にアメリカくさくなくてもいいんだな。

丸谷　アメリカくさくしなくてもいい。自由奔放にふるまっていいという点で、アメリカくさくなっている。

佐伯　そういうわけだ。アメリカというのは、ある意味では、ユダヤ人が非常にユダヤ人らしくふるまって、何もアメリカくさくしなくても、それがそのまま実にアメリカになっちゃう。近ごろのユダヤ系作家は、たいていそうでしょう。

植草　イギリスの場合で言うと、戦後、ハンガリーのピーター・ド・ポルネーが亡命して英語で書き出した。エリザベス・ボウエンがほめた初期の「アンブレラ・ソーン」をはじめ、もう三十冊近く書いていて、ぼくは好きなんですが、とてもイギリス人に同化したようでいて、ひねりかたが違うといった通俗的でもある作風なんです。

丸谷　V・S・ネイポール、あれもそうですね。よくもこれだけイギリス小説をマスターしたものだと思うくらい、ほんとうにすごい。

佐伯　その点で日本はイギリスに似ているかもしれない。かりに外国の作家が日本語を覚えて、日本で小説を書いて、日本の文壇で通用しようと思ったら、相当いろいろなことを身につけないと、日本の文壇ではとても認められないんじゃないか。それはイギリスよりもっと激しいと思う。

丸谷　そうだろうな。

佐伯　かりに、ぼくが一人の外国人として日本へやってきて、どこへも行きどころがない、ここで何とか生きていかなければならないとしたら、日本という国は、売り込むためには、これは大変な国だよ。ということは、無意識のうちに、いわばそういうものを大前提にして文学をやっているということだと思う。

丸谷　残念ながらそうなんだろう。約束事が多いからな。ここまで書くが、ここから先は書かないということを、無意識でやっているんでしょうね。

佐伯　というのは、たとえば私小説で考えると、自分のことを裸にして書いていいということになっているけれど、書くべきことと書くべからざることの、約束はきまっている。それに乗っかれば小説と認められるというような……。

丸谷　そう。ぼくは私小説を書かないからわからないけど、多分そうじゃないかな。

佐伯　それは短歌や俳句以来、約束事というのがあって、それが日本文学のもとになっている。だから、約束事をこわしても、そのこわし方がすぐ約束事になってしまうということじゃないかな。

丸谷　ぼくの小説は私小説じゃないし、ぼくはまた私小説にまっこうから反対しているんだけど、それでもやはり、そういう種類の約束事が、いろいろな形でぼくを縛ったり、ゆがめたりしているんでしょうね。

佐伯　ブラック・ユーモアということばが近頃ちょっと使われ過ぎますけど、植草さんのこの間お訳しになったハイムズの「ピンク・トゥ」、あれは訳文がとてもしゃれていて、うまくできているもんだから、ついつり込まれて読まされて、たいへんおもしろかったんだけど、アメリカ文学で、ああいう軽味もあるし、それでいて普通の笑いもある。英国的なユーモアとはまるで質の違った作家が、いろいろな形で出てきていて、これはもうほとんど一つのジャンルといってもいいような気がするんです。最近の目立った例ではジョゼフ・ヘラーの「キャッチ22」は、なかなか傑作で、ゲラゲラ笑わせるし、それでいて無気味ながらんどうも出ているし、反戦的なところも勿論あるし、相当なもんだなとぼくは思ったんだけど、ああいう傾向はいつ頃からでしょうね。

植草　古いところはよくわからないんですが、最近の場合でいうと、テリー・サザンの「怪船マジック・クリスチャン号」、あれも影響を与えたようですね。カート・ヴォネガットの「屠殺場五号」が「キャッチ22」に比較されていますが、ジョゼフ・ヘラーにはかなわないようですね。この十年間のおもしろかった長編と短編集を九冊「ルック」誌の書評家ピーター・プレスコットが挙げているのが、おもしろい選び方なので書きとめてあります。ヘラーが出たついでに、それを読みあげますと、六〇年から始まって、ジョン・バースの「ソット・ウィード・ファクター」、六一年がヘラーの「キャッチ22」、三年とんで六四年はベローの「ハーツォグ」、六五年がフラナリー・オコナーの短編集、「立ち上がるすべては集中しなければならない」と訳すと間違っているかもしれませんが（邦訳「高く昇って一点へ」）、そして六六年がマラマッドの「修理屋」、六七年がスタイロンの「ナット・ターナーの告白」、六八年はウィリアム・ガスの短編集「田舎の真ん中の真ん中で」とドナルド・バーセルミの短編集「アンスピーカブル・プラクティス」というのはいいですね。六九年がナボコフの「アーダ」、これらは、アメリカ人なら読まなければならないという選びかたなんですね。

丸谷　マラマッドの「ザ・ナチュラル」、あれをアンガス・ウィルソンがほめていましたよ。この間会ったときアメリカ小説のことをしゃべったんですよ。そうしたら、アメリカ小説にもいいのがある。ベース・ボール・プレイヤーを書いた小説だというから「ザ・ナチュラル」でしょう、といったら、そうだ、あれはとてもいいと言ってほめていた。ウィルソン好みだね。

佐伯　そうね。

丸谷　きょうのおしゃべりでは、アメリカ小説とイギリス小説の相違点を強調し過ぎる傾きがありますね。

植草　でも一年ほど前でしたが「サンデー・タイムズ」か何かの書評を読んでいたら、遂にイギリス文学とアメリカ文学とは、まったく違ってしまった。言葉そのものが違ってしまったから、イギリス小説に対する理解力は、もう通用しなくなったって、かなり強い調子で書いてありましたけれど。

丸谷　そういう面は確かにあるでしょうね。

植草　いまでもアメリカの小説をイギリスの批評家はけなすことが多いですね。

佐伯　ペイトロナイズィングといった、上から頭をなでてやるといった調子のが相当あるね。アメリカも相当やっておるわい、まあいいでしょう、といった……。

丸谷　一番ひどいのは、アメリカの学者の書いたイギリス文学についての本の書評、ことにＴＬＳに載るものは、読んでいて、差別もいいとこじゃないかといった感じですね。要するに日本人の学者が研究社から英語で出した本を書評するのと大差ない。(笑) ほめるときはもっとひどいみたいな……。

佐伯　対等扱いをしていない感じだね。

植草　しかし、さっきあげた九人あたりは、イギリス人が感心するくちですね。

丸谷　ぼくはフラナリー・オコナーはいい作家だと思うんですが、日本じゃ、この間「文芸」に載ったのが初めてでしょうか。

佐伯　ぼくは前に彼女の長編を訳しあって、新潮社から出るのが遅れて、そのままになってるんだけど……。

丸谷　そうですか。ぼくは、あれは日本の文芸雑誌には、もってこいのものだと思う。どぎついでしょう。短編小説というのは、多少どぎつくないと、効果が薄いようなところがあるんじゃないですか。そこがまずいいし、それから話の筋がくっきりしているし、価値観の紛れみたいなものが多いでしょう。

佐伯　あの人はカソリックで、逆に、ああいう残酷なことが平気で書けるようなところがあって……。

丸谷　だから、ほんとうは、紛れてないんでしょうけど、そういう解説を抜きにして読むと、何がグッドで何がイヴルなのかわからないような、価値観の紛れみたいなものがあって。

佐伯　カソリック作家がハードボイルド書いたような……。

丸谷　文学的な感じがするんですよ。

植草　マッカラーズと同じように、死ぬのを知っていたらしいですね。

佐伯　ええ。だから、ジョージア州の、簡単に人も行けないような田舎に引っ込んで、孔雀か何かを飼っていたらしい。だから、ミュリエル・スパークと比べれば、社会がなくて、狂信者が出てきたり、変なばあさんが出てきたりするというような――エクセントリックなやつが、社会と関係なく、ふっと生きていて、ドライヴしていると、人殺しの脱獄囚に遇ってしまうというような――。

丸谷　ぼくは、小説のつくり方としては非常にうまいと思いますよ。プリチェットのフォークナー論の書き出しに、『イギリスの小説家で、アメリカ小説の荒々しさを羨まない作家は一人もいないだろう。われわれにはこういう条件は与えられていない』というのがあったけど。そういう調子で、今日、ひとつ遊びをしようと考えていたんです。フラナリー・オコナーの小説をスパークが書評すればおもしろいでしょう。スパークの小説をフラナリー・オコナーが書評を書けばおもしろい。そういう組み合わせを大西洋を隔てて、一ダースぐらいつくったら、話が一番簡単なんじゃないかと思ってたんですがね。

佐伯　ソール・ベローの書評をするのは、誰ですか。アンガス・ウィルソンですか。ノーマン・メイラーとなると、なかなかいい組み合わせがないが、オズボーンか。

植草　アントニー・バージェス。

丸谷　ああ、ノーマン・メイラーとアントニー・バージェスね。なるほど、これはいい組み合わせだ。アントニー・バージェス、ことば遊びが大好きですものね。本物のほうの「フィネガンズ・ウェイク」の専門家だから。（笑）マラマッドは誰ですか。

佐伯　プリチェットがいいところじゃないか。マラマッドという人は、本質的に短編作家で、ぼくは長編はあんまり好きじゃない。さっきユダヤ人のコロキアルという話が出たんだけど、近ごろアメリカ文学でユダヤ系作家がずいぶん活躍するのは、そういうコロキアル、あるいはオーラルなものがうまく生かせるのは、アメリカとユダヤ的なものがピッタリ共鳴し合ったところからなんじゃないかという感じがする。

植草　ああいう調子でユダヤ人たちは、ふだんしゃべっているから、自然にあの調子になってくるような印象も受けますね。

佐伯　ほかにも書いたことだけど、たまたまぼくの出席していた「ナショナル・ブック・アウォード」の授賞式の挨拶の中で、一番うまかったのはユダヤ系のシンガーで、ぼくらが聞いたってひどいと思うくらいなまりの強い英語で、自分はいままでいっぱい小説を書いたけど、児童文学を初めて書いたら、初めて賞をもらった、とちょっと皮肉を言ってから、自分はなぜ児童文学を書いたのか、その理由が五百もあるが、いま、とても時間がないから、テンだけを述べる、といって『ナンバー・ワン！』といった調子の英語ですよ、要するに子供は本を読むが、書評は読まない、これが私は気に入っている。そこに集まっているのは批評家とか、出版社の人とか、たいがい本そのものより書評ばかり読んだり書いたりする連中だからね。（笑）そういう調子で、皮肉と笑わせるのと両方かけて、十ぐらいずらずらと並べたんだけど、いちいちみんな、そのものずばりで『社会学、ああこれはヘドが出る。子供は社会学なんて気にしないでも、ちゃんと読んでくれる』というような調子なんです。そういうしたたかなユダヤ的なユーモアみたいなもの、相手をよくつかんでいて、自分の言いたいことは完全に述べ立てる。ソール・ベローの「ハーツォグ」読んでもそう思うし、フィリップ・ロスの「ポートノイの不満」を読んでも、そう思う。

植草　シンガーの場合ですが、幾人かの作家が苦労して訳して、原文の味を出そうとしているんですね。

佐伯　原文がイディッシュのやつね。ソール・ベローも一つ訳したのがありましたね。

植草　シンガーも短編がいいですね。「奴隷」という長編あたりは前半は強烈だなと思ったけれど、後半がどうも気に入らなかった。けれど「モスカット一家」という長編になると、人物の登場させかたから絡み合わせかたが、びっくりするほど上手なんで、ほかのもみんな読まないではいられなくなっちゃう。

佐伯　連作で、何冊か出てますね。

植草　ええ。

佐伯　ぼくもシンガーの講演聞いただけで、長編は読んでいないんだけど、あの風貌といい、語りくちといい、これは読まなければいけないという気持になった。

丸谷　なぜアメリカ作家は、短編がうまいのでしょうね。ぼくは商売柄、イギリス短編集というようなものをよくつくらされる。すると、イギリスのは一応うまいんですけど、短編小説のつくりそのもの、作柄みたいなところで、もう一つ何だかしまりが足りないみたいなところがあって困るんです。

佐伯　マーク・トウェイン、アンダーソン、リング・ラードナーからヘミングウェイの短編を読むとそう思うんだけど、何かふっと話をしていて、それが一つのさまになっている。これはイギリスの場合で考えると、社交界か何かに出て、一人で短編小説しゃべったりしたら、長広舌で、さまにならない。アメリカの場合は、西部の新開地みたいなところの、バーかなにかで、何となく相手に一つの話を聞かせてしまう。トール・テール、ほら話というものがずいぶんそこでは生きているんじゃないかという気がする。逆に、イギリス人からいうと、アメリカ人というのは会話を全然知らなくて、一人一人がみんなスピーチをやるのがアメリカの会話だという悪口があるでしょう。イギリス人は絶対一人でスピーチなんかしない。

丸谷　逆にイギリスの小説だと、語り手が長々と長編一冊ぐらいしゃべっちゃうのね。あんなことはあり得ないんでしょうけど、約束事として認めちゃう。

植草　アメリカの場合、一九三〇年代に入ると、ジョン・オハラが「ニューヨーカー」で短編を出した。あのころ、実にコロキアルで耳のいい男だって評判になった。初期のジョン・オハラの短編を読むと、会話の書きかたがうまいもんだなと思いました。「バターフィールド8」なんかコール・ガールがホテルのベッドで眼をさました出だしなんか、あのころ読んで、とてもおもしろかった。

丸谷　植草さんに伺おうと思ってたことが一つあるんだけど、ハリウッド小説では、何がいいんですか。

植草　例のフィッツジェラルドの「ラスト・タイクーン」とウェストの「イナゴの時代」、このほうがいいのですが、かりに三つあげるとすると、そのつぎにギャヴィン・ランバートの「スライド・エリア」なんです。

丸谷　ギャヴィン・ランバートが入るんですか。

植草　絶対にあれは入ってきます。

丸谷　それは嬉しいな。あれはぼくのつくったイギリス短編集に入れておきましたよ。好きな作家なんです。ところで、この間考えていたんだけど、もうハリウッドというのは、決定的に終ったわけでしょう。

植草　終ったけど、それまでの転換期が、それぞれ、かりに二流だとしてもハリウッド小説のなかに書かれているわけです。

丸谷　今度ハリウッド小説が書かれることはないだろう、書かれるとしても回顧ものみたいな形だろう、とすれば、ハリウッド小説のシリーズをつくったらおもしろかろうというようなことも考えてみたんですよ。

植草　それはいいですね。

丸谷　二十世紀文学史の、ある角度から見た切り込み方になるんじゃなかろうかと思ったんですけどね。

植草　エレンブルグの「夢の工場」みたいなものがあって、あの頃ハリウッドは、夢の工場だった。戦争前後になると、ヤシの木が生えたシベリアという形容詞がつかわれ夢の工場ではなくなった。それから最近ではドキュメンタリー・フィクションになっています。かれこれ二百冊ぐらいはあるでしょうね。

丸谷　全集はできないけど、一冊で、いいものを集めてつくったら、売れないかな。（笑）

佐伯　植草さん、今日は小ライブラリーといいたいほど山ほどの新刊本を持ってきてくださったんだが、この中でいくつか推薦本を挙げていただきましょうか。

植草　だいたい一九六八年の春までは、ユダヤ作家ルネッサンスといわれて、メイラーからベローまで数名の一流どころが出て、その間に一年に一人ぐらいポツリと、たとえばアップダイクあたりが新人として注目されたというようなわけでしたが、六八年の春から将来性に富んだ才能がゾロゾロと、いっぺんに出てきたのです。それでこっちも全然知らないところをカンで注文したんですが、ずいぶん面白い作家が若手にいますよ。とにかく、みんな作品の世界が違うんで、注文したものが来たときパラパラとやって嬉しくなりますね。ポケット版でも出た三十四歳のフランク・コンロイの「ストップ・タイム」（邦訳「彷徨」）とか、ロバート・ストーンの「鏡の間」。三十一歳です。ドキュメンタリーの分野に入り込んでいますが、ジェレミー・ラーナーという三十一歳の作家、女性作家では、キャスリン・ペルツ、「幽霊」で評判になった。ほかにグレイス・パーレーという女流が、いい短編を書いています。とくに最近では、レナード・マイケルズの短編集「ゴーイング・プレイス」、それから昨年の新人として最優秀作品だと目されているL・ウォイウーディの、「ぼくは何をしようとしているんだろう」、「撃て」でアメリカのカミュと呼ばれたポール・タイナー、日本の二世を扱った「アメリカン・スクラップブック」のジェローム・チャーリン。実験的なまねをやっている「西の国の泣き虫」のジョン・レナード、「小説の死」という短編集のロナルド・スケニックあたりに興味がむかいますね。こうした新人作家のものを注文して、来たとき、裏表紙に作家の写真が出ているのをみると、たいていみんな個性的ないい顔をしているので読むまえに喜んでしまいますね。

佐伯　植草さん的人相学ですね。いま伺った作家、恥ずかしいながら読んでいるのが一人もなくて……。

丸谷　写真を見るってところがおもしろいですね。いかにも映画批評家らしい。

植草　昔よく「ハーパーズ・バザー」が新人作家のものを載せて、そんなとき知らなかった作家の写真が出たりしたので、スクラップなんかしましてね。

佐伯　アメリカは、ああいう女性用の雑誌に、新人を起用したり、しゃれた作家のしゃれた短編をよく使いますね。

植草　「マドモアゼル」なんかでも「ハーパーズ・バザー」式なんです。

丸谷　「マドモアゼル」の短編集なんかも、おもしろいですよ。十年間ぐらい、「マドモアゼル」が毎年一編ずつ読者から募集した短編小説を選んでいるんですよ。それが五つぐらい入っている。それと並んでカミュの短編が入っている。そういうところがほんとうにおもしろいんです。日本であんなことをしたら、たいへんな話だな。

植草　アメリカで、ボルヘスが最初に紹介されたのは、「ハーパーズ・バザー」だったはずです。

佐伯　世界的に短編ジャンルのさかんな国というと、今はやはりアメリカと日本じゃないのかな。もちろん、歴史的にはロシア、アイルランドも無視できないでしょうが、現代では、日米両国にとどめをさす。我田引水かも知れないけど、この二つの国は、まるで正反対といいたいぐらい万事かけ離れていて、しかも、妙に相通ずる所があるんですね。今日はそっちの共通点の方には、あまり立ち入れなかったけど、アメリカ対イギリス、また日本との違いは、大分話せたんじゃないかな。それでは、この辺で、終りにしましょう。

4　ナボコフ談義

ナボコフの投書と本の話とナボコフィアンのこと

なにか話題がないかなと思うとき、アメリカ雑誌の投書欄に目をむける癖がついたが、そうすると案外いいキッカケにぶつかるからで、こんどもサタデー・イヴニング・ポストをめくっているときだった。おや何だろうな、と思ったのが、三月二十五日号に出た「ロリータ」の作者ナボコフと編集長との手紙のやりとりである。

ナボコフは投書がすきだな、とこのとき思った。いままでにも彼の投書には、いくどかお目にかかっている。それがまた難物であって、何をいっているのか判らず、どれだけナボコフを理解しているかというテストみたいになってくるのだ。この手紙のやりとりにしろ厄介なシロモノだったが、繰りかえして読みながら考えてみた。なんでそんなバカバカしい努力をしたかというと、投書の原因は二月十一日号のポスト誌に出たナボコフとのインタヴューに気にくわない個所があったからだが、その記事をまえにザッと読んでいたからである。つまりなんでナボコフが投書したのか判らなければ、インタヴュー記事のほうも判らないままに読んでいたことになる。そういった判らなさがナボコフ的だといわれている特色なのだ。
ことし六十八歳になるナボコフは、印税のおかげで、ずっと以前からスイスのレマン湖に面したモントリュ・パレス・ホテルで暮しているが、子供のころは帝政時代のロシアで、十六人も召使を使っていた大金持を父として育ったのだから、印税がたんまりはいれば、アメリカの田舎の大学でロシア文学の講義なんかしている気はなくなるだろう。毎朝六時に起きて午前中は原稿を執筆し、花が咲いている季節には、午後になってから、だいすきな蝶々を追いかけに出かける。最近の雑誌には、そういったときの写真がよく掲載されるようになったが、そういえば古本屋によくころがっている「ロリータ」のオリンピア・プレス普及版の表紙は、蝶の羽根模様デザインになっている。ということはロリータという十四歳の少女が、ナボコフの網袋に引っかかった蝶の珍種だというわけだ。映画にもなった「コレクター」の作者ジョン・ファウルズは、こんなところから、あの小説のヒントをあたえられたのかもしれない。

わざわざアメリカからスイスまでインタヴューにいった記者は、最近「父親たち」という小説で評判がいい中堅作家ハーバート・ゴールドだった。ぼくも「塩」という彼の小説がすきなのだが、ホテルに着いた彼は、プールぎわで一服しながら八年まえにナボコフに会ったことを思い出す。へえ、この二人の作家が昔から知合いだったとは初耳だ、こいつは面白いことだなと思ったが、プールぎわでの思い出というのは「ドクトル・ジバコ」の作者ボリス・パステルナークをナボコフがからかったことだった。たぶん二人とも若かったパリ時代のことだろう。

Vladimir Navokov

『もちろん、とてもいい男だよ』とナボコフは、そのとき質問に答えたあとで『もちろん金なんか貸してはいけないよ』といい、それから『もちろん』を連発したのだった。『もちろん、才能って、てんでない男だよ』『もちろん、嘘つきの偽善者だよ』『もちろん、彼はホモセクシュアルだよ』『もちろん、とてもいい男だから、付き合って悪いということなんかないよ』

ハーバート・ゴールドの思い出のなかにはこんな言葉がこびりついていた。それをこんどのインタヴュー記事のなかに書きこんでしまったのである。

これはマズかったな。ナボコフがポスト誌の編集長に出した手紙というのは、ザッとつぎのようなものである。

一月二十一日

編集長殿。ゴールド氏の記事には、なかなかうまいところがあって、面白く拝見したが、二人にとっての共通な友人のことで語った言葉を黙って引用したのは、ちょっとけしからん。その友人は、まだ生きていてピンピンしているから、あれを目にしたら黙ってなんかいられなくなるだろう。名前を明すとサム・フォーチュニ Sam Fortuni という詩人だが、この男は四十年まえに一度しかゴールド氏に会ったことがなかった。それに金を貸してくれといった覚えはないそうだ。あすこで思い出しているのは間違った事実である。サム・フォーチュニには才能がいくらかあり、男でなく女がすきで、嘘はつかなかったし、それほどいい男ではなかった。そしてサムという男は、この世に存在していないのだ。

ゲラ刷りを見せるという約束をしたのに、すっぽかしたな。ほかの個所にも間違いが目についた。それはたいしたことじゃないけれど、ゴールド氏におことづけを頼んでおく。綴り字を置きかえたアナグラムを解読するのがすきな彼が、サム・フォーチュニという老詩人が、どんなに憤慨しているか、と。

ウラジミール・ナボコフ

二月三日

ナボコフ様。お手紙はご注文どおり掲載させて戴きますが、いったい「サム・フォーチュニ」という詩人が誰だか、とんと見当がつきかねるのです。存在していない人間だと申されましたが、もし存在するとするなら、たいへん失礼な真似をしたことになりますね。それでサム・フォーチュニという名前の綴り字を置きかえ、アナグラムの判読に努力いたしましたが、どうしてもお手あげなんです。ナボコフィアンだと自慢している一女性にも解読を頼みましたが、これはアナグラムではないアナグラムだろうといって、頭をかかえておりました。

なお、お手紙の全文が掲載できなかったので、すこし削らさせていただきました。おゆるしください。

編集長オットー・フリードリッヒ

二月十一日

フリードリッヒ編集長殿。Aという男がBという男に手紙を出した。そのときBがAの手紙をそのまま掲載しないで削ったとき、その手紙はABという男がBに出したことになり、出した意味がなくなると同時に、なんの価値もなくなってしまうだろう。

このまえの手紙でも判るとおり「サム・フォーチュニ」は、わたしが発明した名前であって、それがはたして誰だか、わたし自身にも謎なのだが、たとえその老詩人が墓場から出てきて酔っぱらったあげく、きみの編集室に怒鳴り込みにいったとしても、それはわたしの責任ではないのさ。サム・フォーチュニを解読すると、1234567890 が 3517894206 となってくる。Sam Fortuni は "Most unfair" のアナグラムだよ。きみが賞めているナボコフィアンに、これくらいのことが判らないとは情けない。

ウラジミール・ナボコフ

『こんな不公平なことはない』most unfair の綴りの位置をかえてサム・フォーチュニとしたのは、なかなかクレヴァーな頭脳だが、おまけにサムがパステルナークだかナボコフだか判らなくなりだす。このとき、ぼくは最近ナボコフが旧作をロシア語から英語に訳して出版した「絶望」という小説を思い出した。ある浮浪者がグッスリ眠っているとき、その死んでしまったような顔が自分と瓜二つなのを発見した実業家が、完全犯罪をやってみようと計画する物語であって、プロットとして陳腐かもしれないが、ナボコフ的シチュエーションと彼独自のヒネリが面白い。ところが、この小説がずっと以前フランス語に訳されたとき、サルトルが読みちがえてしまった。

それは一九三九年のことだったが、どんな読みちがえをサルトルがやったかというと、浮浪者と自分の顔が酷似しているのを発見した金持の実業家ヘルマンは、作者ナボコフとおなじように第一次大戦の犠牲者であり、亡命者がおちいった運命のアレゴリー小説だとみなしたのである。それをナボコフは「絶望」の序文のなかで、サルトルというコミュニストの書評家が、まったく幼稚な意見を吐いているといい、亡命ロシア人が「絶望」を読んで、ナボコフのほかの亡命者小説より面白くないといったのは、政治的な要素がまるでなかったからだといって、サルトルをからかったのだった。

これでは何のことだか意味がつうじないから、あらすじを書くことにするが、そのまえにポスト誌に出たハーバート・ゴールドのインタヴューを片づけてしまおう。

これはナボコフ的な書きかたをしたインタヴューである。まず過去の出来事をいろいろと語っていく。たとえばドイツに亡命したころ「不思議な国のアリス」をロシア語に訳したが五ドルにしかならなかったとか、最初のロシア語クロスワード・パズルはナボコフがつくったのだとか、「ロリータ」が大評判になると、サンフランシスコのドライヴ・インのスナック・バーで「ロリータバーガー」というミート・パイを出すようになったとかいう話をしたあとで、ホテルに着くと、プールぎわにいる彼のところへナボコフ夫妻がやってくる。

それから六日間ホテルに泊り込むと、毎日ナボコフと一緒にブラブラ散歩しながら、おたがいに文学談や世間話などをしたわけだがその結果が、ここでは対談ふうでなく、評論になっていて、そのあいだにチョイチョイとナボコフ本人がはいりこんでくる。ナボコフはゴーゴリが一番すきで、その作風が、かなり影響した。どんな作風かというと、そんなときに本人があらわれて説明する。『ゴーゴリの物語の書きだしは、何だか、ブツブツいっているんだ。それからブツブツいいつづけているうちに、リリカルな波が文章のなかで高まっていく。するとまた低い声でブツブツがはじまる。それがリリカルな波のうねりになる。そしてブツブツいう声とリリカルな波との繰返し。やがて突飛もないクライマックスになる。だがまたブツブツがはじまり、最初の混沌とした状態のなかへ戻っていくんだ』

ハーバートは、ナボコフも同じような書きかたをしているなと考えはじめる。最近邦訳が出た「贈物」がロシア語から英訳されたとき、訳者はマイクル・スカンメル Michael Scammel となっていた。スカンメルという翻訳者なんて聞いたことがないな、と思ったハーバートは綴り字を置きかえてみたところ「ル・マスク」Le Masc となる。ははあ「仮面」Le Masque だな、やっぱりナボコフ自身の翻訳だなと考えて喜んだ。それで大発見だとばかりナボコフに手紙を書いたところ、奥さんのヴェラからの返事で『たいへん興味ぶかいお手紙をいただいたと主人が喜んでおりました』とある。ナボコフが返事の手紙を書かなかったのは、マイクル・スカンメルという翻訳者が実際にいたからだが、それを明さず、ペンネームだと思わせたほうがナボコフ的になるからであった。

「ロリータ」のあとで七年目に「青じろい火」が出版されたとき、ナボコフ・ファンには二冊買うのが大勢いた。というのは殺された詩人シェードが残した長詩三十数ページに二〇〇ページ以上の註釈がついていて、それを読んでいくうちに註釈者の大学教授キンボートというのが、じつは北欧から亡命してきた王様であって、それも気ちがいじゃないかということになり、それには原詩と註釈とを絶えず較べて読まなければならないし、いちいちページをめくり返すと、指のさきがクタビレてしまうからだ。ぼくは原本を二つに引き裂いて読んでみたが、こんなわけで二冊買った者もいたのだ。

「絶望」では、ベルリンでチョコレート工場を経営している実業家ヘルマンが、商用でチェコへ行く。首都プラハのチョコレート製造業者が自社製品の売行きが悪くて破産しかけていた。それなら思いきってヘルマン式製法に切り替えたらいいだろう、というわけで相談に出かけたのである。その日は五月の暖かい日だった。ヘルマンは時間つぶしに小高い丘の上を散歩していると、ふと目についたのが、そばの草むらで仰向けになって両足を投げだし、顔のうえに帽子をのせて昼寝している男である。そのまま通りすぎようとしたが、まるで死んでいるようなので、靴さきで帽子をソッと蹴っとばしてみたところ、思わずドキリとした。まだ目をつぶったままで寝ている動かない表情が、自分の顔を鏡にうつしたときと、すっかり同じだったからだ。呆然となったヘルマンは、しゃがんで、もっとよく見ていると、その男はパッと目をひらいて、しばたたき、アクビをすると起きあがった。そのとき気がついたことだが、表情がうごきだすと、それほどには似ていない、ジーッとなると瓜二つになってしまうということだった。ヘルマンは三十六歳だが、その男も同じくらいの年齢である。リュックとステッキがそばに置いてあり、汚れた服を着ているので浮浪者だな、とすぐわかった。

浮浪者はチェコ語でタバコはないかといって手真似をしてみせ、出されたドイツ製タバコを見ると、まじつは自分も父がドイツ人なんだといってニヤリとした。笑うと似なくなるが、笑いが消えると、また似てくるのだ。タバコをすいながら、なにか仕事はないかといいだし、さしあたってないが、見つかりしだい連絡しようと答えたヘルマンは、手帳を出して名前と住所を書かした。下手くそな字体でフェリックスと書いたが、住所不定なのである。秋になると去年とおなじようにタルニッツの近くの村で刈入れの手伝いをするから、局留にすればいいだろうといった。それからヘルマンはホテルに戻ったが、鏡のまえに立ったとき、フェリックスと向かい合っているような錯覚を起こしたのである。

彼はベルリンの高級アパートで、三十歳になる妻リディアと暮していた。あるとき彼が探偵小説を買って帰ると、面白そうに読んでいたが、途中で犯人が知りたくなり、そうすると終りのほうを見てしまうから、とうとう二つに引き裂いて、あとのほうをしまっておいた。ところがその肝心なところを読もうとすると、しまった場所がどこだか忘れているといった女なのである。プラハから帰ってくると『何か変ったことがありましたか』と訊かれたが、フェリックスのことは口にしなかった。ところがそれから毎日のようにフェリックスの姿が浮かびあがってくる。雨に濡れながら腹をすかしてどこかをさまよっている彼を想像すると、はやく仕事口をさがしてやりたかった。けれどベルリンは失職者だらけときている。

やがて夏になるとフェリックスのことは頭から消え去ったが、そのころリディアの義弟にあたるアルダリオンという貧乏画家が近くに引越してきて、日曜にはよく三人してドライヴに出かけた。ところが、この貧乏画家が、ほんの僅かな頭金をいれただけで、ベルリンから三時間くらいで行ける湖水地の地所を自分のものにしてしまった。それを見せてやろうとアルダリオンがいうので、ある日そこまでドライヴに出かけたが、その地所というのはテニス・コートを二倍にした程度のちっぽけなものだったし、真っ裸になって泳いでも、見ている者なんか誰もいないような寂しい湖水地だった。

それから秋がすぎ、翌年の三月になったときである。この場所でヘルマンはフェリックスを殺したのだった。

ここまで書いたとき、どうしても見たい映画の試写があるので、ぼくは机をお留守にした。試写はイングマール・ベルイマンの新作「ペルソナ」(仮面)だったが、やっぱり感心してしまい、面白いものにブツかったなと思いながら、帰るとすぐ机にむかった。ある悲劇女優が観客を前にして急に声が出なくなる。そのときは突発的な二分間にすぎなかったが、翌日から完全な失語症におちいった。原因は、ものごとにたいする関心がまるでなくなったためであり、医師のすすめで看護婦に付き添われ、寂しい海岸へ保養にいく。ところがそこで看護婦がしゃべり出す話を聞いていると、それが黙りっぱなしの女優の心理状態ではないかと思われはじめ、二人が同じ女であるかのような錯覚におちいらせていく。それはいままでのベルイマン映画にもなかった新しい試みであり、ナボコフ的だといってもいいものだった。混沌とした状態から始まって、何だかブツブツいっていると、リリカルな波になり、またブツブツと謎みたいなことをいっているうちに、ショックが加わり、リリカルな波、ブツブツという声の繰りかえしに、またもやショックが加わって、やがてクライマックスにたっするとそのあとで最初のほうへ戻っていく。そういった映画のつくりかたにもナボコフ的なものがあった。

ところで「絶望」に話を戻すと、ヘルマンはフェリックスが自分に瓜二つだと思い込んでしまうが、フェリックスのほうでは似ていることに気がつかないでいる。似ているじゃないかといって鏡を出し、それにフェリックスの顔をうつさして較べてみろというが『金持と貧乏人とが似ているなんておかしいや』というのだった。これは最初に会ったときだが、そのとき頼まれた仕事口が秋になって見つかったので、さっそく局留で手紙を出したところ返事が来た。

それでタルニッツの町の公園で落ち合うことにし、約束した時間にスーツケースをさげて出かけたが、そのなかには自分の服がはいっている。見つかった仕事口というのも彼自身のための仕事だった。ヘルマンは料理店へフェリックスを連れてゆき、毎月ちゃんとした小遣いをやるから、ひとつ相談にのらないかという。じつは子供のころだが、大金持の家に生れたので、すばらしい庭園があった。その子供時代の夢が、家が破産したうえ、両親も死んでしまい、いっぺんに消え失せてしまった。ぼくは一人ぼっちで暮すのがすきだったが、それも仕事に追いまくられるようになった。そうしたところ、つい最近ある湖水地に地所を買うことができてね、子供のころ遊んだ庭園より、もっと美しいやつをつくるチャンスにめぐり合せたんだ。そういうわけで、相談というのは、このスーツケースに入っている服を着て、ぼくの車に乗ってもらい、ちょっとした時間だけ、ぼくがよく歩いている場所を乗り廻してくれればいい。そうすれば、ぼくは、一人ぼっちで湖水地のそばで庭づくりができるだろう。

そういって料理店を出ると、予約しておいたホテルに二人して泊ることにし、寝るまえに自分の服を着せてみたのである。だが料理店での話は、すべて嘘っぱちであり、ヘルマンはチョコレート事業の見込みがないことから、保険詐欺をやり、フランスへでも逃げて暮そうと考えていたのであった。

こう書いてくると、ありきたりなプロットにすぎないようだが、自分で似ていると思った顔が、ほかの人たちは、そう見えなかったらどうだろう。無表情のままで死んでるような格好のフェリックスが瓜二つだとしても、ほんとうに死んでしまったときの顔が、やっぱり同じに見えるだろうか。「絶望」という題は、フェリックスを殺したあとでヘルマンが『失敗《しま》った！』と叫んだときの気持なのである。ヒッチコックが喜びそうなユーモア場面がさかんに出てくるが、それはどれもナボコフ的なブラック・ユーモアであって、なんともいえない味があるのだった。

ウラジミール・ナボコフ三題

1　ナボコフとジロディアス

ナボコフが、「ロリータ」を書いたのは、蝶の珍種採集のため、アメリカ西部コロラド州へ出かけた一九五四年の春のことだった。これをアメリカの出版社では、アヴァン＝ギャルド派のニュー・ダイレクションズ社までが蹴ってしまい、五五年九月にパリのオリンピア・プレスから、緑色の二冊本となって出たのが話題のはじまりであった。

これが発禁となり、一九五八年八月にプトナム社のアメリカ版が出るまでに、いろいろと面白いゴタゴタがあったことは、もうご存じであろうが、ついで五九年四月にオリンピア・プレスから一冊本になって出た「ロリータ」の表紙デザインをみると、蝶のハネ模様がステンド・グラスふうに描いてある。

これが何を意味するか、気がつかなかった人が多いらしいが、ナボコフが蝶きちがいだからで、ロリータは彼の採集アミに引っかかった珍種にちがいない、という説をたてるナボコフ研究家もいるのである。

もっと面白いのは、オリンピア・プレスのモーリス・ジロディアスとナボコフとの喧嘩だろう。ジロディアスは、ヘンリー・ミラーの「南回帰線」などの発禁書で戦前有名だったオベリスク・プレスのジャック・カーンの息子であり、おやじ以上に発禁書を出して悪名をたかめたが、アメリカの出版社から蹴られた「ロリータ」を出したのが、まえに書いたように一九五五年九月であった。このときナボコフは、オリンピア・プレスから出るのでペンネームにしたかったらしいが、予期してたとおり、本は出たけれど、なんの反響もない。ところが十二月になって、まず最初に、グレアム・グリーンが賞めたのである。

これはサンデー・タイムズ紙が、一年間のベスト・テンを一流作家や批評家に質問したときだった。すると、グリーンが賞めたというので「ロリータ」を買って読んだサンデー・タイムズ紙の主筆ジョン・ゴードンというのが、カンカンに怒りだし『こんなきたならしい本は読んだことがない』といって新聞でグリーンを攻撃した。グリーンのほうでは、それだから検閲がうるさくなるんだ、といって応酬し、結局は勝ったのであるが、ゴードンの策動で「ロリータ」は発禁になってしまった。

この初版のとき、ジロディアスがナボコフにいくら払ったかは、二人に訊かなければ判らないが、ぼくは千ドルだろうと想像している。それと同時に版権もとってあったのだが、アメリカ版が出たとき、ナボコフが知らん顔をしてるんで、手紙を出したところ、そんな約束をしたおぼえはないという返事なので、ジロディアスは怒ってしまった。これは当りまえだ。

こうして喧嘩になったのだが、成りゆきを簡単にしるすと、ガリマール社から「ロリータ」の仏訳が出たのが、一九五九年四月で、この訳者がジロディアスの弟であった。そして出版記念パーティがあり、ガリマール社ではナボコフを呼んだが、ジロディアスには、わざと招待状を出さなかった。これを知って、また怒った彼は、かまわず会場へ乗りこんでいったのであるが、このときのナボコフの窮余の策がいい。

つめよられた彼は、ニコニコとしてジロディアスと握手すると『きみの弟さんの翻訳はなかなかいいよ』といい、呆気にとられた彼から離れると、ほかの人のところへ行って話に夢中になりだした、というのである。やっぱりナボコフのほうが役者は一枚うえだった。

2 ナボコフの「青じろい火」

「ロリータ」につぐナボコフの四年ぶりの小説「青じろい火」Pale Fire が、米プトナム社から去る五月に出版され、この発売直前に、序文にあたる部分が、「ハーパーズ・マガジン」五月号に「故シエード氏」The Late Mr. Shade と題して掲載された。ちょうど映画化された「ロリータ」のアメリカ封切が、小説の発売とぶつかったので「ニューズウィーク」誌六月二十五日号では、特別リポートとして作者の過去と現在にふれた記事をのせ、表紙にも彼およびロリータ女優スー・リオンの写真をつかって、読者の注意をひくようにしている。

じつは「ハーパーズ・マガジン」に出た六ページの序文を読んだだけでは、どんな小説だか、まったく見当がつかない。「ニューズウィーク」誌の記事を読むと、いくらか見当がついてくる。ほかに「アトランティック」誌六月号に出たウィリアム・バレットの批評を読んだが、かんじんの単行本は、まだ見てないといったわけなのだ。

それなのに、ここに紹介めいた生意気なことを書くのは、序文や批評から、およそ風変りなナボコフ的作品であることが想像できたし、そうした気持のはたらきかたが、小説を読む楽しみになってくると思うからである。

故シェード氏とは何者か？　一九五九年七月二十一日に六十一歳で歿した一流詩人で、アパラチヤ州ニュー・ワイ（架空名）にあるワードスミス・カレッジの教授であった。七月二日から「青じろい火」という長詩をつくりはじめ、二十一日に完成したが、この日、まちがって射殺されている。彼の隣人であり、おなじ学校の教授チャールズ・キンボートは、くわしい註釈をつけた「青じろい火」を、できるだけ早く出版しようと未亡人シビルと相談し、この約束をはたした。序文を書いた日づけは、この年の十月十九日になっている。

ところで、この序文を読むだけで、三時間以上かかってしまったが、ゆっくり読んでも漠然としか摑めない個所がちょいちょいと出てくる。註釈者キンボートの頭がすこしおかしいからだが、なんとなく滑稽で愉快な序文でもあり、話がすぐ脱線して、キンボートが覗き屋で男色漢であることが、ほぼ判ってくる。まず最初に詩人ジョン・シェードが、大型の白カードをつかって詩作し、それを清書した八十枚のカードからなる九九九行の詩が「青じろい火」であるが、射殺された日に書いた最後の四枚は、まだ清書してなかったとか、第一のカントから第四のカントにいたるまでの行数や、書きこんだ日づけのことなどが、学者的な研究態度で書いてある。

ナボコフ自身が、小説執筆にあたって大型の白カードをつかい、順序不同に断片的に書いたのを、あとで整理するという方法をここで連想させるが、序文の最後では、この詩を理解するためには、最初に註釈を読まなければならない、といった自己宣伝にまでおよんでいる。

というのもシェード研究家が、横っちょから仕事をうばおうとし、出版社を抱きこんだり、未亡人をだましたりしたからで、途中でこの話に脱線するかとおもうと、詩人と交際しはじめた当時の思い出になる。この交際は死んだ年の二月からなので、シェード研究者たちはキンボートに、たいした信頼はおいていないが、じつは二十年まえに彼の詩をゼンブラン語に訳したのだった。

ゼンブラン語については序文ではわからないが、ソ連北方にゼンブラという架空国があり、その最後の国王だったのが、いまは亡命中のキンボートなのである。彼は詩の註釈をしながら、ゼンブラ王国の話に脱線すると、あたかもバルカン地方を背景にしたミュージカル・コメディみたいに陽気になりだす。ここんところは、むこうの批評の書きうつしであるが、やがてスパイ・スリラー式な場面に一転すると、グラドウスという秘密諜報員が、亡命王チャールズを暗殺する目的で、カレッジ町へと姿を現わす。そしてキンボートを殺そうとしたピストルの弾丸が、詩人シェードに当ってしまったのだった。ナボコフは人物の戯画化がうまいかわり、客観性をおびて冷たくなる。キンボートは、この種のタイプの人物で、典型的な白系ロシア貴族のカリカチュアであるが、これがまったく性格がちがったシェードと面白い対照をなしている。

というのも、このニュー・イングランドの典型的なインテリを、いままでにない温かい気持で描いているからであった。

そんな点でも評判がいいが、エドマンド・ウィルソンやメアリ・マッカーシーを喜ばしたのは、キンボートの気ちがいじみた語り口が、読者が人物の正体をつきとめたとおもった瞬間、べつな人物に変化しているという、手品師みたいなナボコフの技巧であって、正気と狂気との境い目がなくなったのが現実社会だと彼はいうのであるが、一方ウィルソンの言葉をかりれば『本当ではない話をして、信じこませたり、本当の話をして、嘘だと思わせたりするのがすきな作家だ』ということになり、ナボコフ独自のユーモアはこんなところから生れてくる。

蝶採集のエキスパートとしても有名だが、「ニューズウィーク」誌の記事を読むと、この小説は蝶についての彼の研究と理論の応用だという。つまり蝶はその擬態本能が美学的に発達していくが、あまりに凝った真似をすると、逆に窮地におちいるといったわけで、なんとなく意味がわかる。

以上のようなことがたしかめたくなるのが「青じろい火」を読む楽しみになるといえるだろう。

3　ナボコフとアナグラム

ナボコフ参考資料で最近目についたのに、「サタデー・イヴニング・ポスト」誌二月十一日号に出た記事がある。これは去る四月に長編小説「父親たち」を発表して評判のいいアメリカ中堅作家ハーバート・ゴールドが、スイスのレマン湖にのぞむホテルで、もう四年越し悠々自適しているナボコフを、ポスト誌の特別取材のため訪問したときの記事だった。

ハーバート・ゴールドは、去る五月にチュニジアで催された第六回フォルメントール国際文学賞会議のとき、審査員の一人として出席し、三島由紀夫の受賞が有利になるようなアドバイスをしている。このことをドナルド・キーン氏の審査報告で知ったとき、ゴールドも偉くなったものだと思ったが、ポスト誌の訪問記を読んでみると、ナボコフとは八年まえからの知り合いだったと書いてある。これも意外だった。

このナボコフ訪問記は、あまりいい出来ではないが、あとでまた読みなおしたくなるような愉快なオマケがついたのである。というのは八年まえのことを思いだしたゴールドが、よけいなことを書いてしまったのであって、それを読んだナボコフがポスト編集部に手紙を出し、あれにはきっと「サム・フォーチュニ」が怒って墓場から飛び出し、酔っぱらったあげく、編集室に怒鳴り込みにいくだろう、と書いたのであった。

ところで、この手紙がポスト誌三月二十五日号の「投書欄」に掲載され、いったい「サム・フォーチュニ」氏とは誰でしょうか、お得意のアナグラムだと思って Sam Fortuni の綴りを、いろいろと変えてみたけれど見当がつきません、というナボコフ宛の編集部の手紙がいっしょに出ている。そしてこのあとに、もう一通ナボコフの手紙がつけたしてあって、このくらいのアナグラムが判読できないとは情けないと書いてあり、その説明がしてあった。

説明によると Sam Fortuni は十字だから、1234567890 としておいて、アルファベットの順序を3517894206 とかえると most unfair (こんな不公平なことはない) となるのだった。そして最初の手紙を見ると、書きだしの二行目に、ちゃんと most unfair という言葉が使ってある。

『こんな不公平なことはない』とナボコフが感じたのは、ゲラ刷りをみせる約束をまもらなかったし、そのうえ「サム・フォーチュニ」が怒りだすようなことを書かれてしまったからである。なぜ怒りだしたかというと、八年まえにナボコフはゴールドにむかってボリス・パステルナークの悪口をいったことがあり、そのことを思いだして書いている。だからナボコフ訪問記を読んだら「サム・フォーチュニ」ことパステルナークが怒りだすだろうというのだが、この手紙を読んでいるうちに「サム・フォーチュニ」はナボコフ自身だということにもなって、ゴチャゴチャしてくるという面白さがある。ナボコフは亡命生活の最初のころ白系ロシア人が読む新聞のためにロシア語のクロスワード・パズルを最初に工夫した人だった。だから、こんなアナグラムにしろ、簡単に組みあがってしまうのだろう。小説でも、このテを使っている。

そんなことからポスト誌は、ナボコフィアンのために、この手紙を公開したのだった。

解説

植草さんとぼくとぼくの長男

宮本陽吉

このあいだ書棚を整理していたら、アームド・サーヴィス・エディションという古いポケット本が見つかった。スタインベック『長い谷間』、イシャウッド『プレイター・ヴァイオレット』、『サーバー・カーニバル』、なかにはウルフの『時と河とについて』とかメルヴィルの『モービイ・ディック』とか部厚いのもまじっている。……どれも神田の露店で、戦後間もない時期に買ったものだ。

アームド・サーヴィス・エディションというのは、アメリカの出版社、図書館、書店が協力して第二次大戦中に米軍教育用に作った双書で、英語で書かれたいい文学作品がえらばれていた。普通の文庫本とちがって横とじになっていたところから、ぼくたちは兵隊本とか横本とか呼んでいた。三省堂の反対側の通りの、もと神田日活のあったあたりに昼すぎから露店が出て、占領軍として入ったアメリカ人たちが売払った本を並べていた。まだ洋書の輸入が許可されていない時期で、原書を手に入れようとすると、その露店で兵隊本を探すのがいちばん手っとり早かった。ぼくがまだ学生だった昭和二十四、五年のことで、コールドウェルとかスタインベックとか、覚えたての名前を本の山から探し出して、二、三冊ずつ買って帰った。

ぼくはそんなふうにしてアメリカ小説を読み始めたわけだが、露店で本を探していると、精悍な感じの紳士が姿を見せた。その紳士はすでに大きな本の包みを持っているというのに、たちまちのうちに二、三十冊えらんで本屋に包ませた。何度も見かけるので、えらび出すのをうかがっていると、こっちがまるできいたことのない作家を「やあ、あったぞ」という表情でえらび出す。関心のあり方は、アメリカ小説というような小さな枠に収まるものではないようだ。半年ほどたつうちに、ぼくは紳士が店を出るのを見はからって、「あれは誰です?」と本屋にきいた。すぐに「植草さんですよ」と教えてくれた。……神田へ出ても植草さんが本の包みを二つ三つ持って足早に帰って行く姿を見かけると、ぼくは気勢があがらなかった。神田じゅうの面白い本があの包みの中に入ってしまって、これから歩いてみてもたいした本はないような気がしたからだ。

植草さんはあの包みを家へもって帰る。包みをあけて、コーヒーでも飲みながら読み始めるのだろう。ケイ・ボイルとか、ホークスとか、マーサ・フォーレイ編集の短篇集とか、植草さんがちょっと読んで面白そうだと判断した新人、……それにミステリイや漫画雑誌も入っているだろう。一冊ごとにちがった世界のひらける本がうんとあるというのは贅沢な楽しみだ。そのうちに、植草さんは喫茶店で本を読むという噂をきいた。やはり、あれだけ本を読むとなると、ただコーヒーを飲んで時間をすごすのがおしくなるのだろう。それとももう一つ、あの包みを家へ持って帰るのが待ちきれなくて、喫茶店で包みを開けるにちがいないと想像した。ぼくは植草さんを知っていたけれども、植草さんのほうはぼくをまだ知らなかった。もう十年以上前になるけれども、渋谷の石井さんの店で本を探していると、植草さんが声をかけて下さった。「あなたはこの本をお読みになりましたか。こっちは余り面白くなかったけど、こっちはちょいといいですよ」と言って、ヘンリー・グリーンを二冊すすめて下さった。植草さんと個人的に話ができたのはあれが初めてである。

ぼくがアームド・サーヴィス・エディションを買い始めたころに、関西に高桐書院という出版社があって『アメリカ文学』という雑誌を出していた。週刊誌の大きさで四、五十頁の分量があり、全部が作家論、書評、紹介などアメリカ文学関係の記事で埋まっていた。植草さんは昭和二十三年四月号でアーサー・ミラーを書き、二十四年の一、二月合併号で「ジョン・オハラ論」を書いた。ぼくが植草さんのアメリカ文学関係のエッセイを読んだのは、その辺が最初だと思う。ミラーのエッセイは「みんなわが息子」が詳しく紹介してあって、そのほかに初日の様子が手にとるように書かれている。劇場の番地、顔を見せた作家や劇作家の名前、それればかりか芝居がはねたあとでみんなが出かけたナイト・クラブやレストランまで個有名詞で出てくるのでびっくりしたのを覚えている。「ジョン・オハラ論」のほうは「ジョン・オハラの最近作を中心に」という題になって、この本の巻頭におかれている。「ニューヨーカー誌の寄稿家はいわば漫画家のように個性がなければならないのであって、読者のほうでも、作者の名前を見ずにS・J・ペレルマンとかジョン・チーヴァーとかフランク・サリヴァンとかウラジミル・ナボコフとかジョゼフ・ウェスクバーグとかが書いていることを、書出しの数行で判別するだけの鑑識力がなければならないのである」と書かれているが、当時のぼくはペレルマンもチーヴァーもナボコフも知らなかったし、ニューヨーカーは洗練された雑誌という程度のことしか頭になかった。ぼくはこのエッセイを読んだあとでオハラの『パイプ・ナイト』と『バターフィールド8』を兵隊本で買った。

戦後日本でもアメリカ文学がさかんになるにつれて、大学の先生、翻訳家、批評家たちがアメリカ小説の書評や紹介を書くようになった。この本は文学史の中でどういう位置にある本だとか、文壇の動向を解説したものが多かったが、それらの中で植草さんの書いたものはいつも異彩を放っていた。一つ読むたびに知らないことを覚えたり、小説を読むコツがわかったりする。たとえば「最近でも五、六冊に一冊の割合で読まされるのであるが、アメリカの現代小説には、主人公が無意識の世界から意識の世界へ戻る寝起きのベッド・シーンの描写から書き出されているものが非常に多い」というような文章に出会うと、ぼくは「やられた」と思う。それはぼくも「また寝起きの場面で始めるな」と思って読み始めたことが何度もあって、なんとなく重荷になっていたのを植草さんが「五、六冊に一冊の割合で」と正確に書いてくれたからだ。本を買ったときの話や読んだときの苦心談であっても、名人達人に出会ったような手応えがある。……いまでは植草さんのエッセイはほとんど晶文社の本にまとまるので苦労はないけれども、以前は雑誌や新聞に出るのを見のがすと、あとから探すのが大変だった。それでぼくは、新刊雑誌の立読みをよくやった。

晶文社から植草さんの本が出始めたのは、一九六七年の『ジャズの前衛と黒人たち』からだった。ぼくは一冊ずつ読み、ずいぶんいろんなことを教えてもらったことになるけれども、そのうちにぼくの長男が「植草さんの本があいたら貸してよ」と言うようになった。まだ子供だとばかり思っていた息子がもう植草さんを読む時期になったのかという感慨があった。息子は週に二、三回映画を見に出かけ、深夜映画というとテレビの前に坐りこむくらい外国映画に熱中していたが、大学を受験する年令にもなっていた。試験勉強などというものはよほど追いつめられないとする気のしないものだから、きっとなおさら外国映画が見たくなったり、勉強以外の本が読みたくなったりするんだろう。そのころ、渋谷の石井さんに会うと植草さんの話になった。「植草さんはね。ずいぶん忙しいらしいですよ。若い人たちの教祖様みたいなものでね」と石井さんは言った。

そういえば、息子の植草さんの本の読み方も尋常ではない。どうも一度ではなくて、何度も繰返し読んで、小さなことまで覚えてしまう。「それは植草さんの本の何というエッセイのどこに書いてある」と言って、本をもってきて開いてみせたりする。それにせっせと立読みをするらしく「何という雑誌の何月号に植草さんがこんなことを書いていた」と言うようになった。外国映画がきっかけになって、植草さんのものというと本能的に読んでしまうようだ。植草さんの本と外国映画とが受験科目になる大学があったら、あいつはらくらくとパスするはずだ。ぼくはかねがねそう思い、息子にそう言った。「そういう大学があれば、いますぐ受けたって満点をとるよ」と息子は自信たっぷりだった。

ぼくは息子と、植草さんの本のどこが面白いかについてまだゆっくり話しあったことがない。息子も子供のころとちがって、気に入った本を読んだからといって感想を喋りにくるようなことはなくなった。しかし、植草さんの本を読むと、知らないことをつぎつぎに覚えたり、漠然と感じていたことがはっきりわかったり、……さもなければ植草さんの世界に仲間入りできたりする。ほかの本とちがって、読み終ったときに確実にこっちはプラスになったという収穫がある。感心するところは、若い人たちもぼくも同じはずだと思っている。

初出一覧

11 ジョン・オハラの最近作を中心に　『アメリカ文学』　一九四九年一／二月号
32 あるブラック・ボーイの死　『マンハント』　一九六二年九月号
37 テネシー・ウィリアムズのエピソードを二つか三つ　『映画の友』
43 テネシー・ウィリアムズの「イグアナの夜」は幕あきから凄いねえ！　『マンハント』　一九六二年六月号
47 テネシー・ウィリアムズの駄洒落には吹きだしたなあ！　『マンハント』　一九六一年五月号
52 ワイセツ語だらけのメイラーの新作「なぜぼくらはベトナムへ行くのか」……　『話の特集』　一九六八年二月号
73 「一人の太ったイギリス人」『図書新聞』　一九六五年六月
74 「カリガリ博士帰っておいで」『図書新聞』　一九六六年三月
75 「ヘンリーの戦い」『図書新聞』　一九六五年九月
77 「ビスコの行方をたずねて」『図書新聞』　一九六六年十二月
78 「恥ずかしがる写真家」『図書新聞』　一九六六年五月
80 「蝿」『図書新聞』　一九六六年十月
81 「娼婦たちがテニスをやりに来た日」『図書新聞』　一九六五年七月
83 「ジプシー蛾」『図書新聞』　一九六五八月
84 「リーア」『図書新聞』　一九六五年十月
86 「女にもてるねずみのハリー」『図書新聞』　一九六五年六月
87 「二番目の石」『図書新聞』　一九六四年九月
88 「塩」『図書新聞』　一九六四年九月
90 「ブリキの太鼓」『図書新聞』　一九六四年六月
91 「猫と鼠」『図書新聞』　一九六四年十二月

92 「第二の皮膚」『図書新聞』一九六六年八月
94 「陽気に、陽気に」『図書新聞』一九六五年十二月
95 「女王陛下のお婿さん」『図書新聞』一九六六年十二月
97 「原始人間」『図書新聞』一九六五年九月
98 「マミー・ストーヴァーのホテル」『図書新聞』一九六五年一月
99 「ダッチマン」「アートシアター新宿文化」プログラム 一九六〇年十月
101 「異なれる鼓手」『図書新聞』一九六四年十月
103 「殉教者」『図書新聞』一九六五年五月
104 「料理人」『図書新聞』一九六六年九月
105 「デイジー・クローヴァーの内幕」『図書新聞』一九六五年一月
107 「ゴーゴリの妻」『図書新聞』一九六五年六月
118 「ドライブしろ、と彼はいった」『図書新聞』一九六六年十月
110 「街と星について」『図書新聞』一九六五年二月
111 「ラディツァー」『図書新聞』一九六五年十一月
113 「風船ガムとキプリング」『図書新聞』一九六六年六月
114 「カントリー・ガール」『図書新聞』一九六五年七月
116 「八月はいじわるな月」『図書新聞』一九六六年十二月
117 「踊っていたんだ」『図書新聞』一九六六年一月
119 「でっかい笑い」『図書新聞』一九六四年十一月
120 「ロング・アイランドの家」『図書新聞』一九六六年十二月
121 「黄金拍車亭」『図書新聞』一九六四年十月
123 「愛のバラード」『図書新聞』一九六四年五月
124 「夜の都会」『図書新聞』一九六四年八月
125 「リスボンの夜」『図書新聞』一九六五年十二月

127 「グリグスビー少佐の試練」『図書新聞』一九六六年二月
128 「屑屋の娘」『図書新聞』一九六六年六月
129 「馬鹿のギンペル」『図書新聞』一九六六年一月
131 「階下の男」『図書新聞』一九六四年七月
132 「恩恵者」『図書新聞』一九六六年二月
134 「怪船マジック・クリスチャン号」『図書新聞』一九六四年十二月
135 「遺言書」『図書新聞』一九六五年四月
136 「神はローズウォーター氏を祝福する、あるいは豚に真珠」『図書新聞』一九六六年九月
139 「質屋」『図書新聞』一九六四年五月
140 「ジュブ」『図書新聞』一九六五年七月
141 「愛人よ、とわに眠れ」『図書新聞』一九六五年三月十三日
143 「夜の歌」『図書新聞』一九六四年五月
144 「永却の火」『図書新聞』一九六四年八月
145 「メッセンジャー・ボーイ」『図書新聞』一九六四年十一月
149 なぜ十九世紀アメリカ文学が読みたくなるのだろう　集英社「世界短篇文学全集」月報16　一九六四年一月
155 アメリカ文学私観　『風雪』一九四九年二月号・三月号・四月号
187 現代アメリカ文学の冒険　『ユリイカ』一九七〇年七月号
223 ナボコフの投書と本の話とナボコフィアンのこと　『話の特集』一九六七年八月号
236 ナボコフとジロディアス　河出書房『ブックス』8号
238 ナボコフの「青じろい火」『図書新聞』一九六二年七月七日号
241 ナボコフとアナグラム　河出書房「人間の文学」しおり25　一九六七年八月

植草甚一《うえくさじんいち》スクラップ・ブック 17
アメリカ小説《しょうせつ》を読《よ》んでみよう

二〇〇五年四月三〇日新装版第一刷

著者　植草甚一

発行者　株式会社晶文社
東京都千代田区外神田二―一―一二
電話東京三二五五局四五〇一(代表)・四五〇三(編集)
URL http://www.shobunsha.co.jp
ダイトー印刷・稲村製本
ブックデザイン　平野甲賀
本書の初版は一九七七年に刊行されました。

植草甚一スクラップ・ブック

① いい映画を見に行こう　解説・山田宏一
懐かしのマルクス兄弟をはじめ，半世紀にわたる映画との長いつきあいを一冊にあつめる。

② ヒッチコック万歳！　解説・小林信彦
スリラー映画の巨匠への溢れんばかりの愛情をこめて綴られた数多くの映画評から伝記まで。

③ ぼくの大好きな俳優たち　解説・和田誠
忘れがたいボギーやクーパーたち――スターの表情はわたしたちに多くのことを語りかける。

④ ハリウッドのことを話そう　解説・淀川長治
幻の本『外国の映画界』一挙収録。ハリウッドの古き夢，新しき姿を描きだす楽しい読物。

⑤ サスペンス映画の研究　解説・双葉十三郎
スパイ映画からギャングものまで，映画館の暗闇のなかでハラハラしたいすべての人に贈る。

⑥ ぼくの読書法　解説・佐伯彰一
生まれたときからの本の虫だったみたいな植草さんの，きわめつけ本とつきあう法。

⑦ アンクルＪの千夜一夜物語　解説・矢川澄子
甚一おじさんが世界中の本や雑誌から拾いあつめてきた美しく，奇想天外な物語のかずかず。

⑧ 江戸川乱歩と私　解説・都筑道夫
巨人乱歩の思い出話にはじまり，メグレ警部から007まで，内外のミステリーの研究を集成。

⑨ ポーノグラフィー始末記　解説・鍵谷幸信
おびただしい量の性文学を読みつくし，エロス的観点をつらぬく独特の二十世紀文学論。

⑩ Ｊ・Ｊ氏の男子専科　解説・虫明亜呂無
着るもの，はくもの，食べるもの，飲むもの。J・J氏の卓抜なおしゃれ感覚が生き生きと踊る。

⑪ カトマンズでＬＳＤを一服　解説・片岡義男
マリワナからウーマン・リブまで，Ｊ・Ｊ氏の若々しい眼がとらえた若者たちの世界。

⑫ モダン・ジャズのたのしみ　解説・野口久光
49歳になって突然モダン・ジャズにとりつかれ，600時間もレコードを聞いたジャズ入門記。

⑬ バードとかれの仲間たち　解説・久保田二郎
バードの愛称で知らるチャーリー・パーカーに関する長いエッセイとソニー・ロリンズ論。

⑭ ぼくたちにはミンガスが必要なんだ　解説・稲葉紀雄
いちばん好きなミンガスの話をはじめ，強烈な個性を持つ音楽家モンク，ドルフィーを語る。

⑮ マイルスとコルトレーンの日々　解説・清水俊彦
ともに一つの時代を築いたモダン・ジャズの偉大なリーダーたちの音楽と生き方を探る一冊。

植草甚一スクラップ・ブック

⑯　映画はどんどん新しくなってゆく　　解説・小野耕世
ヌーヴェル・ヴァーグ，ビート・シネマなど映画の若い反逆者たちの勇敢な冒険を描く。

⑰　アメリカ小説を読んでみよう　　解説・宮本陽吉
現代アメリカ作家のことなら，みんな友達みたいによく知っている植草さんが贈る読書案内。

⑱　クライム・クラブへようこそ　　解説・佐野洋
英・米・仏の，ひと味ちがったミステリーを紹介し，意欲的編集が注目された叢書の全解説。

⑲　ぼくの東京案内　　解説・木島始
生まれ育った下町の思い出をはじめ，長いあいだの街とのつきあいを，散歩術を駆使して綴る。

⑳　ハーレムの黒人たち　　解説・岩浪洋三
ブラック・パワーの爆発に熱い共感を寄せ，さまざまな黒人の生き様を伝える。

㉑　ニューロックの真実の世界　　解説・八木康夫
ドアーズやストーンズ，フランク・ザッパなど『ロック革命』との衝撃の出会いを語る。

㉒　ぼくの大好きな外国の漫画家たち　　解説・草森紳一
古典的なユーモアからアングラの鬼才トミー・アンゲラーまで，愉快なコミックスの世界。

㉓　コーヒー一杯のジャズ　　解説・高平哲郎
映画やジャズを楽しんだあとはコーヒーがおいしい。お得意のお娯しみエッセイ。

㉔　ファンキー・ジャズの勉強　　解説・油井正一
キャノンボールやアート・ブレイキーからＭＪＱまで，ジャズがもっとよくわかる一冊。

㉕　ジャズの十月革命　　解説・平岡正明
コールマンとテイラー――ジァズ・アヴァンギャルドに貢献した音楽家の肖像を描きだす。

㉖　ジャズは海を渡る　　解説・渡辺貞夫
アメリカ生まれのジャズが海を渡った。前衛ジャズを中心にヨーロッパのジャズ界を探る。

㉗　植草甚一画集　　解説・真鍋博
入院中のベッドの上でＪ・Ｊ氏のイラストは誕生した。シュールなタッチのコラージュを集成。

㉘　シネマディクトＪの映画散歩　アメリカ編　　解説・池波正太郎
ヒューストン，ワイラーなど沢山のアメリカ映画の作り手からＪ・Ｊ氏は何を学んだのか？

㉙　シネマディクトＪの映画散歩　フランス編　　解説・飯島正
大好きなジャン・コクトーの話から，オフュルスやクレマンまで，フランス映画の魅力を語る。